성공하려면 인생의 스승을 찾아라

국립중앙도서관 출판시도서목록(CIP)

성공하려면 인생의 스승을 찾아라 : 꿈을 이루어주는 마법
의 지팡이 / 니시다 후미오 지음 ; 이봉노 옮김. -- 인천 :
북뱅크, 2005

  p. ;  cm

ISBN  89-89863-32-5 03830  : ₩9000

199.1-KDC4
158.1-DDC21    CIP2004002271

JINSEI NO MOKUTEKI GA MITSUKARU MAHO NO TSUE
by NISHIDA Fumio
Copyright ⓒ 2004 by NISHIDA Fumio
All rights reserved.
Originally publised in Japan by GENDAI SHORIN, Tokyo.
Translation Copyright ⓒ 2005 by Book Bank Publishing Co.
Korean translation rights arranged with
GENDAI SHORIN, Japan
through THE SAKAI AGENCY and Imprima Korea Agency.

꿈을 이루어주는 마법의 지팡이

성공하려면

# 인생의 스승을 찾아라

니시다 후미오 지음 | 이봉노 옮김

북뱅크

## 머리말

　　사원교육을 위해 회사들을 돌아다니다 보면 여러 가지 사훈(社訓)을 접하게 되는데, 나는 한 회사의 사장실에서 눈에 잘 띄지 않게 걸려 있는 이런 사훈을 보고 감명을 받은 적이 있습니다.

- 인생의 목적(꿈)이 없는 사람에게는 이념이 없다
- 이념이 없는 사람에게는 신념이 없다
- 신념이 없는 사람에게는 계획이 없다
- 계획이 없는 사람에게는 실행이 없다
- 실행이 없는 사람에게는 성과가 없다
- 성과가 없는 사람에게는 행복이 없다

말 그대로 인생의 목적이 없는 사람은 설사 물질적으로는 풍요하더라도 행복은 맛보지 못합니다. 즉, 인생의 목적은 행복을 가져다주는 황금알이며, 그 황금알은 자신의 일생을 크게 바꿀 수 있는 최고의 '마법의 지팡이'인 것입니다.

나는 내 책을 읽은 독자들로부터 많은 엽서와 편지를 받는데, 대부분은 "이 책을 읽고 인생관이 바뀌었다"거나 "플러스적 사고의 의미를 알게 되었다", "앞으로 회사를 경영하는 데 활용해야겠다", "이 책을 읽은 나는 운이 좋다"는 내용들이었습니다.

그러나 그 중에는 "꿈을 실현하고 싶어도 내게는 꿈이 없다"거나 "꿈이나 인생의 목적을 찾지 못해 고민하고 있다", "다음에는 꿈이나 인생의 목적을 찾는 방법에 대한 책을 써 달라"고 하는 내용들도 있었습니다.

이런 편지들이 대체로 젊은 독자들이 보내온 것들이었기에 놀라움이 더욱 컸습니다. 이 편지들과 내용이나 표현은 좀 다르지만, 그것은 내가 지도하고 있는 50~60대 중심의 〈경영인 세미나〉나 〈전문 경영인 양성학교〉에서 자주 듣던 이야기였기 때문입니다.

"열심히 일해서 재산도 모았지만, 왠지 요즈음 허전함을 느낀다"

"무슨 목적으로 일해 왔는지, 요즘 그걸 모르겠다"

요즈음 이런 연유로 위축되어 있는 중년들이 많습니다.

당연한 이야기지만, 성공하기 위해서는 목적이나 목표가 필요합니다. 자기가 무엇을 하고 싶은지, 무엇을 실현하고 싶은지, 그런 꿈이 있어야 합니다.

인생의 목적(꿈)은 우리에게 "삶의 의미"를 부여해 주기도 하고 신념과 용기를 주며 역경을 헤쳐나갈 에너지원이 되어주기도 합니다. 즉, 인생의 목적은 우리에게는 목숨 다음으로, 아니 인생의 목적을 잃고 자살하는 사람도 있다는 사실을 생각한다면 목숨 이상으로 소중하다고 해도 틀린 말은 아닙니다. 목적을 어떻게 갖느냐에 따라서 우리의 인생은 완전히 달라져버립니다.

그렇다고 해서 '나에게는 인생의 목적이 없다'고 비관할 필요는 전혀 없으며, 한심하다고 생각할 필요도 없습니다. 누구나 인생의 목적을 가지고 살아가기 마련입니다. 다만 그 목적을 깨닫지 못하거나 이를 구체화시키지 못할 뿐입니다.

그렇다면 여러분의 꿈은 도대체 무엇인가?
여러분 인생의 목적은 어디에 있는가?
어떻게 하면 그 목적을 구체화시켜서 '마법의 지팡이'로 만들 수 있을까?
이 책의 마지막 페이지까지 다 읽고 나면 틀림없이 여러분은 그

'마법의 지팡이'를 손에 쥐게 될 것입니다. 적어도 내가 제안하는 몇 가지 방법에 도전해보면 여러분에게 인생의 목적이 무엇인지 저절로 알게 될 거라고 확신합니다.

# 차 례

# CONTENTS

자신의 인생을 찾아주는 마법의 지팡이

## 제2장 죽음을 연상하라




진취적인 의욕이 끓어오르는 마법의 지팡이

## 제3장 인생의 스승을 찾아라

## 제4장

엄청난 에너지를 얻을 수 있는 마법의 지팡이
# 밑바닥까지 떨어져라

인생의 목적을
깨닫게 해주는 **마법의 지팡이**

# 사랑에 빠져라

서 장

## 논리적으로 인생의 목적을 찾으려고 하지 마라

인간은 살 만큼 살다가 죽는다. 처음부터 너무 맥 빠지는 이야기를 해서 미안하지만 결론만 말하자면 그렇다.『오니헤이 수사록』을 쓴 소설가 이케나미 쇼타로(池波正太郎)는 '인간은 죽기 위해서 산다'고까지 했다.

나는 허무주의자는 아니지만 인간의 삶과 죽음에 관해 지금까지 인류가 쌓아온 방대한 데이터를 합리적이고도 과학적으로, 즉 객관적으로 판단하는 한 이 말이 그 결론이라고 할 수밖에 없다.

그렇기 때문에 우리는 그 죽음에서 자기 나름대로 인생의 목적이나 삶의 보람을 찾는데, 어떤 사람들은 그런 목적이나 보람을 종교에서 찾기도 하고, 어떤 사람들은 처자식에 대한 사랑에서 찾기도 한다.

또 세계평화나 보다 나은 사회를 실현하기 위해 산다는 사람도 있을 것이다. 그렇다고 해도 이상할 것은 없다.

물론 이상할 것까지야 없겠지만, 사랑이나 평화라고 말하는 건 왠지 좀 쑥스럽다. 너무 속 들여다보이지 않는가 하고 느끼는 사람도 있을 것이다.

그러나 분명히 말하건대, 바로 그런 생각 때문에 인생의 목적을 찾아내지 못하는 것이다. 목적이나 목표도 없이 일을 하면서, 어딘가 좀 더 재미있는 일이 있을 듯한 느낌이 들기도 하고 좀 더 의미 있는 삶이 있지 않을까 고민하는 사이에 인생은 그저 흘러가 버린다.

인생의 목적이란 원래 쑥스러운 거라고 생각해두자. 적어도 합리적이고 객관적인 논리두뇌로 생각한다면 분명 그렇게 쑥스러워 보일 것이다. 장차 미국에서 메이저리거로 활약하고 싶다는 이치로 소년의 꿈이나, 회사 초창기에 감귤상자 위에 올라서서 세계의 혼다가 되겠다고 훈시하던 혼다 소이치로(本田宗一郎)의 꿈도, 만약 그 시점에서 객관적으로 평가한 사람이 있었다면 이 또한 어쩔 수 없이 쑥스러운 꿈이었을 것이다.

소니의 창업자들 역시 일반 사람들이 보면 말도 못하게 쑥스러운 〈설립취지서〉를 작성하였다.

'자유 활달하고 유쾌한 공장 건설.

일본 재건과 문화 향상에 대한 기술면·생산면에서의 활발한 활동.

부당한 상업주의 철폐'

이런 속 들여다보이는 내용을 아무렇지도 않게 썼던 것이다. 그 당시 소니는 불과 서른 명도 안 되는 직원들로 백화점 배전실을 빌려 막 시작한 영세기업이었다.

아무리 생각해도 그들에게는 자신들의 실력에 대한 냉정한 판단력이 결여되어 있었다고 밖에 생각되지 않는다. 물론 판단력 자체가 떨어졌던 것은 아니다. 그들은 다만 객관적인 논리두뇌와는 다른 관점에서 자신들의 목적을 발견했던 것이다.

여기에, 인생의 목적을 찾는 중요한 힌트가 숨어 있다.

논리두뇌를 통해 생각하는 한
인생의 목적이나 삶의 보람은 절대 찾을 수 없다

## 일에 보람을 느끼지 못하는 사람은
## 진정으로 사랑에 빠지지도 못한다

하지만 대부분의 사람들은 논리두뇌를 통해 인생의 목적을 찾고 있다. 보람은 있는지, 어떤 보람이 있는지 하는 식으로 말이다. 게다가 힘든 일은 싫다, 모양새가 좋지 않은 것은 안 된다, 일정 수준의 수입은 되어야지 하는 부대조건들이 붙는다.

이래서는 하고자 하는 일을 절대로 찾을 수 없다.

요즈음 젊은이들로부터

"하고 싶은 게 없어요"

"꿈이 없어요"

"몰두할 수 있는 일이 없어요"

라는 말을 자주 듣는다.

가족들을 먹여 살리면서 필사적으로 주택 대출금이나 교육비를 벌어야 하는 30대, 40대가 되면 그런 식으로 말하는 사람들도 줄어들겠지만, 그때가 되어도 속마음은 별로 다르지 않다고 나는 생각한다. 따라서 주택 대출금이나 자녀교육에서 겨우 해방될 무렵이 되면 '나는 무엇 때문에 그렇게 열심히 일해 왔는가?' 하는 생각이 들게 된다.

우선 젊은 세대의 목소리에 귀를 기울여 보자.

진짜 하고 싶은 일을 찾고 있다는 25세의 프리터(free arbeiter의 약어로, 돈이 필요할 때만 일을 하는 사람을 말함) A군은 대학을 졸업한 뒤 OA기기 판매 대리점에 들어가 영업직으로 2년가량 열심히 일했으나, 작년에 회사를 그만두고 지금은 아르바이트를 하면서 자기가 하고 싶은 일을 찾고 있다고 한다.

"영업은 내 성격에 맞지도 않고, 컴퓨터와 같이 비인간적인 물건을 팔아 봐야 보람을 느낄 수도 없어요. 그래서 나에게 꼭 맞는 일, 좀 더 보람 있는 일을 찾고 있는데 그런 일이 좀처럼 눈에 띄지가 않아요"

누구나 이와 비슷한 생각을 한 번쯤은 해 보았을 것이다. 그런 걸 참고 이겨내야만 성장한다는 이야기가 아니다. 참는다는 것은 몸에도 좋지 않고 마음에도 좋지 않다. 가능하면 그런 경험은 하지 않는 것이 상책이다.

위와 같은 젊은이들과 이야기를 나누다 보면 자꾸 이런 질문을 하고 싶어진다.

"자네는 여자친구가 있는가?"

그런데 그들의 대답 또한 흥미롭다. 대부분 없다고 하거나 있기는 하지만 진지한 사이는 아니라고 대답한다. 진정으로 반한 여자가 없다는 이상한 공통점이 있는 것이다. 참고로 지적하자면 삶의 보람이나 인생의 의미 때문에 고민하는 중·장년들에게도 부인의 사랑을 별로 받지 못한다는 묘한 공통점이 있다.

원래 여자친구에게 정신이 팔려 있으면, 인생의 목적이나 좀 더 보람 있는 일 따위는 생각할 틈도 없을 것이다. 그다지 많지 않은 내 경험에 비추어 보더라도, 어떻게 하면 그녀가 즐거워할까, 어떻게 하면 그녀가 웃어줄까, 머릿속이 온통 그런 생각뿐이었다. 진정으로 사랑에 빠지지 못하는 사람들이 으레 자신은 하고 싶은 일이 없다고 생각하는 경향이 있다.

여기에서 나오는 결론은 이렇다.

사랑에 빠지지 못하는 남자는
일에도 빠지지 못한다

이런 이야기를 하면 늘 고지식한 사람들로부터 연애와 일을 함께 하지 말라는 핀잔을 듣는다. 그러나 옛날에도 영웅호색(英雄好色)이 라고 했듯이, 이 두 가지는 의외로 공통되는 부분이 많다. 아니, 내 생각으로는 완벽하게 일치한다. 왜냐하면, 연애나 일 모두 논리적으 로 하는 게 아니기 때문이다.

## 심리적 메커니즘을 알면 자신의 마음을 통제할 수 있다

내가 아는 사람 중에 고토 요시노리(後藤芳德)라는 이색적인 사업 가가 있는데, 경영인으로서 술집 그룹을 이끄는 한편, 거기서 키운 커뮤니케이션론과 조직론을 무기로 경영 컨설턴트로도 활약하는 인 물이다. 『이런 종류의 여자는 어째서 유혹하기 쉬운가?』, 『어수룩한 여자 고르기』와 같은 저서도 있으며, 이 책들은 꽤 많이 팔렸으므로 그의 이름을 기억하는 독자들도 있을 것이다.

고토 씨는 스스로의 체험으로 터득한 커뮤니케이션 심리학을 통 해 바람둥이로 알려진 남자 호스트나 기둥서방들의 수법을 적나라 하게 밝혀주고 있다. 그의 설명에 따르면, 바람둥이들은 우선 여자 들에게 철저히 친절하게 대한다. 여자들로 하여금 '이 사람은 나를 알아준다'고 믿게 한 다음, 갑자기 차갑게 대하여 여자의 마음이 흔들리게 한다. 여자들 마음은 한번 흔들리게 되면 안정을 되찾고 싶어져서 더욱 친절하게 해주길 바라게 되고, 이때 살짝 친절한 척 행동해 주면 여자는 완전히 속아 넘어가기 쉬운 심리상태가 된다는 것이다.

외로우면 외로울수록 조금만 친절하게 대해 주어도 크게 기뻐한다. 바람둥이들은 여자들의 이러한 심리적 메커니즘을 본능적으로 숙지하고 있으며, 여자들에게 금품을 뜯어낼 때도 이런 메커니즘을 이용한다는 게 고토 씨의 주장이다.

이 바람둥이들의 테크닉은 내가 운동선수들의 심리트레이닝 때 지도하는 '시계추 원칙'과 그 원리가 아주 비슷하다.

내가 여기서 고토 씨의 주장을 소개한 것은, 여러분 모두 바람둥이가 되어 여자들의 금품을 뜯어내는 생활을 즐기라는 것은 물론 아니다. 심리적 메커니즘을 잘 이해한다면 자유롭게 마음을 통제할 수 있다는 사실, 다른 사람의 마음이 아니라 스스로의 마음을 능수능란하게 통제할 수 있다는 사실을 알아주길 바라기 때문이다. 사실 이렇다.

인생의 목적은
자신의 마음을 통제할 수 있는 최고의 수단이다

## 목적이 없는 사람일수록 노력이라는 말을 좋아한다

나는 운동선수들에게, 인간의 마음은 서로 마주보는 2개의 감정으로 이루어져 있으며 그 조화로 균형이 유지되고 있다고 이야기해준다. 기쁨과 슬픔, 유쾌함과 불쾌함, 포지티브와 네거티브, 즐거움과 괴로움 등 사람의 마음은 항상 그 사이를 시계추처럼 왔다 갔다하면서 여러 가지 자극을 흡수하도록 되어 있다.

만약 네거티브로만, 또는 포지티브로만 감정이 고정된 사람이 있다고 한다면, 그 사람은 마음의 병에 걸렸다고 해도 거의 틀림이 없다.

예를 들면, 세계제패를 목표로 삼는 일류 선수는 일반인들이 상상하지 못할 정도로 하드 트레이닝을 한다. 하드 트레이닝은 분명 힘들다. 어려운 일에는 반드시 고통이 따르는 것과 마찬가지로, 자신의 능력의 한계에 도전하고 그렇게 함으로써 능력을 더욱 향상시키려고 할 때 고통스럽지 않으면 도리어 이상하다. 심폐기능 하나만 보더라도 숨이 차서 호흡이 곤란해질 정도로 강한 훈련을 함으로써 마침내 심폐능력이 향상되어, 똑같은 속도로 달리더라도 이제는 그다지 숨이 차지 않게 되는 것이다.

힘들다는 생각을 버리고 즐겁다는 생각을 가지라는 식의 플러스적 사고에 대해 자주 듣는데, 힘들 때 즐겁다고 생각하라는 것은 아무래도 무리이다. 그런 정신론은 오히려 의식을 힘든 쪽으로 기울어지게 하여 더욱 더 힘들다는 생각밖에 들지 않는다.

일류 운동선수도 연습 중에는 힘들다는 생각을 하게 되며, 일류 선수일수록 그것이 힘들다는 것을 잘 알고 있다. 그러나 어찌된 일인지 괴롭다고는 생각하지 않는다. 물론 선수도 사람이니까 그렇게 느낄 때도 있지만, 일류 선수들은 그 힘든 것을 극복할 수 있는 '마법의 지팡이'를 가지고 있는 것이다.

그것이 바로 인생의 목적이다.

인생의 목적을 떠올릴 때 뇌 속에 발생하는 기쁨과 즐거움, 쾌감. 운동선수들은 그런 느낌으로 추의 균형을 잡으면서 훌륭하게 마음을 통제해 나간다.

인생의 목적이 즐거움과 쾌감을 가져다주기 때문에, 힘들거나 불쾌한 쪽으로 추가 세게 흔들려도 괴롭게 느껴지지 않는다. 오히려 힘들면 힘들수록, 바람둥이에게 끌리는 여자처럼 즐거움도 커지는 것이 일류 운동선수인 것이다. 다시 말해 이렇다.

인생의 목적은
즐겁지 않으면 의미가 없다.

그렇기 때문에 그들은 정말 그렇게까지 노력할 수 있구나, 놀랄 정도로 엄청나게 노력을 하면서도 자신이 노력하고 있다고는 전혀 생각하지 않고, 오히려 자신은 항상 노력이 부족하다고 생각한다. 야구나 축구, 골프와 같은 프로 운동선수나 올림픽 대표선수들을 오랫동안 지도해 온 경험에 비추어 확실하게 지적할 수 있는 것은, 일류 선수일수록 예외 없이 그렇게 생각한다는 것이다.

여기서 얻을 수 있는 교훈은 다음과 같다.

목적이 없는 사람들은
으레 노력할 때 고통을 느낀다

그렇기 때문에 인생의 목적이 없는 사람일수록 노력하지 않으면 안 된다, 힘든 것도 견뎌야 한다고 늘 스스로를 타이르며, 그렇게 노력하고 있다는 만족감을 느낀다.


## 인생의 목적은 머리로 생각하는 것이 아니라 마음으로 느끼는 것


인생의 목적이라는 쾌감을 느끼지 못하는 사람은 아무리 노력을 해도 힘든 일밖에 체험하지 못한다.

일이나 연습이 불쾌하기 때문에 노력을 할수록 스트레스가 쌓인다.

도피형 인간들은 불쾌감(스트레스)을 알코올로 풀거나 도박이나 섹스가 가져다주는 쾌락으로 해소하려고 할 것이다. 진정으로 사랑하는 여자를 찾는 것이 아니라 성적 쾌감만을 얻으려고 하는 것이 그들의 특징이다.

인생의 목적이 없는 사람은 노력하는 것이 힘들고 괴롭고 허무하게 느껴지고, 불쾌해지고, 일이 재미없어지며, 스트레스 때문에 늘 짜증만 난다. 그래서 여자가 따르지 않으며, 상사에게나 부하직원들에게나 또 가족들에게도 인기가 없다.

그런 재미없는 인생을 살지 않도록 하기 위해서는 어떻게 하면 좋을까? 어떻게 하면 멋진 인생의 목적을 찾을 수 있을까 하는 것이 바로 이 책의 주제이다.

그 첫걸음으로 다음과 같은 말을 해두고 싶다.

틀림없이 감성적인 두뇌가 활동을 시작할 것이다.

성공한 사람들의 **마법의 지팡이**

# 머리를 쓰지 마라

제 1장

# 노력하거나 분발하는 것이 무의미하다고 느껴질 때가 온다

"모두들 가슴이 휑하니 뚫려 있는 것 같아요"

갓 스무 살이 된 아가씨 준이 이렇게 말한 적이 있다. 준의 일터는 나 같은 사람과는 그다지 인연이 없는 긴자의 술집이다. 회사로 말하자면 부장급 손님들이 많은 듯했는데, 준이 보기에 그 사람들의 가슴이 모두 휑하니 뚫려 있다고 했다.

'어른이 되면 모두들 저렇게 되는 건가? 정말 싫다'

그녀의 소박한 눈에 비친 엘리트 샐러리맨들의 밤의 모습은 공교롭게도 내가 사원교육을 위해 기업 현장을 돌아다니며 늘 느끼던 것과 별로 다르지 않았다. 젊어서부터 열심히 일해 온 40~50대들이 어찌된 영문인지 요즈음 공통된 고민거리를 안고 있다.

"무엇 때문에 그렇게 열심히 일해 왔는가, 요즘 곰곰이 생각해 보게 됩니다"

표면적으로는 아무런 고민도 없는 듯 행동하는 사람도 단 둘이 얘기를 나눠 보면 의외로 이렇게 솔직한 고민을 털어놓는다.

운동선수의 심리적인 면을 지도하다 보면 이와 아주 비슷한 현상을 종종 접하게 된다. 스포츠 세계에서도 올림픽 출전 등을 목표로 필사적으로 노력해 온 선수가 돌연 의욕을 잃고 가슴이 휑하니 뚫린

상태가 되는 경우가 있는데, 이런 현상을 스포츠 심리 분야에서는 '번아웃(burnout:다 타버림, 탈진)'이라고 한다. 번아웃에 빠지는 구체적인 계기는 여러 가지 있겠지만 목적이 명확하지 않을 때에는 반드시 이런 현상이 일어난다.

실적이 좋은 비즈니스맨의 가슴에 뚫린 구멍도 번아웃의 일종인데, 이러한 번아웃은 인생 자체의 의미와 관계 있는 만큼 운동선수의 경우보다 훨씬 심각하며 회복하기도 어렵다. 운동선수는 은퇴를 한 후에 새로운 삶을 살 수도 있지만, 인생에는 그런 편리함이 있을 수 없다.

앞으로 자신의 꿈을 찾으려고 하거나 자신의 소망을 실현하려는 사람들이 꼭 기억해 두었으면 하는 것은, 성공이나 출세, 또 회사를 발전시키거나 부자가 되는 사회적 성공을 원하면 원할수록 번아웃이라는 정신적 위기가 반드시 찾아온다는 사실이다.

## 사람은 절대로 빚·도산·실직 때문에 죽지 않는다

사회적 성공을 원하는 사람들에게는 반드시 번아웃이 찾아온다. 나는 30년 이상 능력개발 업무에 종사해 왔는데, 내 경험상 이는 예외 없이 누구에게나 해당되는 말이다. 20대나 30대에 찾아오는 사람도 있으며, 50대나 60대가 되어서야 비로소 경험하는 사람도 있다. 최근에는 시험공부의 단계에서 벌써 탈진해서, 사회인으로서의 스타트라인에 섰을 뿐인데 이미 완전히 번아웃 되어버린 사람도 적지 않다.

그러면 성공을 목표로 하는 사람에게는 어째서 번아웃이 찾아오는가?

- 성공하고자 하는 욕구는 계속 충족되면 이내 싫증을 느낀다
- 성공하고자 하는 욕구는 계속 충족되지 않으면 노력하는 게 괴로워진다
- 성공하고자 하는 욕구는 무엇보다도 이기려는 욕구이기 때문에 스트레스가 쌓인다
- 성공하고자 하는 욕구는 가혹한 경쟁에서 이기려는 욕구이기 때문에 애정이나 배려하는 마음, 친절함, 가정, 정신적 성장 등과 같은 인간적인 성공이 희생되기 쉬우며, 인간적인 성공이 희생되면 점점 외로워지고 가슴에 구멍이 뚫려, 과연 이대로 괜찮은가 하는 회의가 생긴다
- 성공하고자 하는 욕구는 성공하지 못하는 자신의 가치를 상실하게 만든다

사회적 성공을 위한 길에는 항상 이러한 함정이 도사리고 있는데, 여기에 빠지게 되면 내가 무엇 때문에 애쓰고 있는지, 또 무엇 때문에 살아왔는지 방황하게 되는 것이다.

요즈음 자살하는 사람이 급격히 증가하여 이미 교통사고 사망자 수의 4배나 된다고 한다. 그 원인은 경기불황에 따른 빚이나 도산, 구조조정 등이 꼽히지만, 내 생각으로는 사람은 절대로 빚이나 도산, 구조조정 때문에 죽지는 않는다. 그런 구체적인 어려움은 자살의 계기에 지나지 않으며, 사람은 살아가면서 어려움과 맞서 싸울 만한 의미를 발견하지 못하게 되었을 때 자살을 선택한다고 나는 생각한다.

여기에 사회적 성공과 인간적 성공이라는 말이 나왔는데, 이러한 것들은 인생의 목적이나 삶의 보람에 대해 생각하는데 중요한 열쇠가 되는 판단기준이기 때문에 나중에 다시 자세하게 설명하겠다. 여기서는 우리 인생에는 번아웃이라는 끔찍한 함정이 도사리고 있다는 사실만 기억해 두었으면 한다.

그런데, 앞서 말한 준 양은 이런 이야기도 했다.

"술 마시지 말고 곧바로 집에 가서 가족들과 함께 저녁을 먹는 게 훨씬 즐거울 텐데……."

## 무엇을 위해 인생을 바칠 것인지 생각해 보면
## 인생의 의미를 알 수 있게 된다

산다는 것은 어떤 의미일까? 열심히 노력한다는 것은 과연 무슨 의미일까?

이런 의미를 알 수 없게 되는 것이 바로 번아웃이다. 그러나 이런 문제에 대해 한번도 생각해 본 적이 없는 사람은 아마 없을 것이다. 나 또한 젊었을 때 이에 대해 꽤 많이 생각해 보았지만 끝내 답을 찾지 못했다. 지금 와서 생각해 보면 그 당시 답을 찾지 못한 것이 당연하다는 생각이 든다. 인생에는 생각해서 알 수 있는 의미 따위란 원래 없기 때문이다.

자기가 원해서 세상에 태어난 것이 아니기 때문에, 신이 알려주지 않는 한 아무리 찾아도 그 답은 찾을 수 없다. 강가에 굴러다니는 수많은 돌멩이들의 의미와 마찬가지로 우리의 인생에 철저하게 결여되어 있는 것이 바로 이 삶의 의미이다.

하지만, 강가에 굴러다니는 돌멩이도 주어서 부싯돌로 쓰거나 장아찌의 누름돌로 쓰거나 그 돌을 던져서 새를 떨어뜨리는 데 쓴다면 거기에는 뭔가 의미가 생겨나며, 아무런 의미도 없을 것 같은 인분조차 밭에 뿌리면 비료가 되는 것이다.

어떻게 쓰느냐에 따라 어떤 물건에든 생명이 깃든다. 한번 살다가 갈 뿐인 우리 인생도 무엇을 위해 바칠 것인지 생각해 보면 반드시 거기에서 의미가 생겨난다.

바로 이런 것이다.

인생이란 살아가는 것임과 동시에
무언가를 위해 바치는 것이다

한번밖에 없는 인생을 무엇을 위해 바칠 것인가? 그러한 목표의 식이 살아가는 데나 열심히 일하는 데 의미를 부여해 준다.

젊었을 무렵 내가 이런 문제로 고민할 때면 '자넨 아직 어리구만' 하고 자주 선배들의 놀림을 받았다. 무엇 때문에 사는가? 무엇 때문에 일하는가? 그런 의문을 유치하다거나 아직 어리다고 비웃어 온 사람들의 가슴속엔 이제 커다란 구멍이 휑하니 뚫려버렸다.

## 목적은 주어지는 것이 아니라 스스로 찾아내는 것이다

중 · 장년 비즈니스맨들의 가슴속에 뚫린 구멍. 여기서 그 사람들의 명예를 위해 말해 두는데, 그들도 인생의 목적이 없었던 것은 결코 아니다. 나 또한 그 세대에 해당되므로 잘 알고 있다. 안타깝게도 이 세대들에게는 명확한, 오히려 스스로 생각하거나 찾을 필요도 없을 정도로 지나치게 명확한 목적이 있었다.

회사를 위해 열심히 일해야 한다. 또는 가족을 위해 돈을 벌어야 한다. 대부분의 사람들이 이런 목적을 가지고 열심히 일해 왔다. 내가 어째서 그것을 안타깝다고 하는가 하면, 그런 목적을 마치 자신의 의무인 양 받아들여 버려, 자신의 문제로 구체화시키는 노력을 소홀히 해 온 사람이 많았기 때문이다.

위에서 주어진 목표를 달성하는 것이 회사 직원으로서 일하는 목적이라고 오해해 왔고, 부인에게 조금이라도 더 많은 월급을 가져다 주는 것이 가족을 위해 일하는 거라고 착각하면서, 부인에게는 따뜻한 말 한마디 건네지 못하고 살아 왔다.

모든 사람이 그렇다고 할 수는 없겠지만, 내 주위를 둘러보면 이런 경우가 압도적으로 많았다. 나처럼 무슨 일이 있으면, 아니 일이 없어도 꽃 한 다발 사들고 아내에게 달려가는 연약한 사람은 거의 찾아볼 수 없었다.

그래서 오늘날과 같이 회사라는 조직과 가족의 전통적인 모습이 무너지고 형태가 바뀌어버리면, 자신과 회사, 자신과 가족의 관계를 확신할 수 없게 된다. 동시에 회사를 위하거나 가족을 위한 목적도 사라지고, 열심히 일하는 의미도 찾을 수 없게 되는 것이다.

재미있다고 말하면 경솔한 표현일지도 모르지만, 흥미로운 것은 무엇 때문에 열심히 일하는지 모르겠다는 사람들은 한결같이 외톨이의 외로움을 느낀다는 것이다. 아마도 준 양은 그것을 날카롭게 간파했을 것이다.

> 자신의 삶의 의미를 찾을 수 없기 때문에
> 외로운 것이 아니다. 외롭기 때문에
> 삶의 의미가 사라지는 것이다.

따라서 이제부터 인생의 목적을 찾으려는 사람은 미리 사회가 부여해주는 의무적인 목적에는 주의하는 것이 좋다. 특히 가족을 먹여 살리기 위해 열심히 일해야 한다고 생각하는 사람이 있다면 보다 더 주의를 요한다.

그러나 다행히도 요즈음 젊은 세대들에게는 회사를 위하거나 가족을 위한 논리는 별로 찾아볼 수 없다. 낡은 가치관이 무너진 요즘은 처음부터 인생의 목적을 스스로 찾지 않으면 안 된다. 하고 싶은 일이 없는 자신, 목적이 없는 자신에 대해 괴로워하거나 상처받으면서 무엇 때문에 열심히 일하는가, 무엇을 위한 삶인가 하는 의미를 스스로 찾아낼 필요가 있는 것이다.

이렇게 하는 것이 사회가 부여해준 의무를 인생의 목적으로 착각하며 살다가 나중에 갑자기 깨닫는 것보다는 상당히 행운이라고 할 수 있다.

## 목적과 목표는 천지 차이

기업들을 돌아다녀 보고 느낀 것은, 목적의식을 가지고 업무에 임하는 사람이 놀라우리만치 적다는 것이다. 하물며, 확실한 목적을 가지고 사원들의 마음을 모두 이곳으로 돌리고 집중시켜야 하는 입장인 경영인들조차 '당신 회사의 목적은 무엇입니까?' 하는 질문에는 대부분이 대답을 하지 못하는 것이 요즈음 현실이다.

"연매출 500억을 목적으로 하고 있습니다"

"업계 1위가 되는 것입니다"

"판매대수 10만을 돌파하는 것입니다"

이렇게 대답들을 하는 경우가 많다.

외로운 사람은 외로운 목적을 가지고 있다. 어째서 연매출 500억이 외로운가? 그것은 그 목적이 전혀 사람들의 마음을 설레게 하지 못하기 때문인데, 이는 그 목표가 사람들의 감정에 전혀 호소하지 못하는 수치이기 때문이다. 1억 엔짜리 집을 짓고 싶다는 사람은 외롭다. 나이 드신 부모님이 기뻐할 집을 짓고 싶은데 그러기 위해서는 1억 엔이 든다는 사람보다는 분명 외롭다. 외로운 사람들은 원래는 목표에 지나지 않는 수치를 목적으로 착각하기 쉽다.

이런 사장의 지시를 받는 회사 직원들은 우선 일에 흥미를 느끼지 못하게 된다. 실적이 향상되는 동안에는 성취감이나 보람을 느낄 수 있을지 모른다. 고도성장기의 일본이 바로 그런 식으로 해 왔다고 해도 과언이 아니다.

그러나 실적이 생각대로 늘지 않거나 성적이 나빠지면 이상하게도 성취감을 얻기 위해 일해 온 사람들은 갑자기 일에 대한 열정을 잃어버리게 된다.

번아웃 되기 쉬운 운동선수들에게 우리 같은 스포츠 멘탈 전문가가 필요한 것도, 스포츠 세계에는 어떻게 하든 목표만 달성하면 된다는 지극히 가혹한 도태의 법칙이 존재하기 때문이다. 100미터를 10초에 달린다. 토너먼트에서 수위를 차지한다. 올림픽에서 금메달을 딴다. 그 목표에 근접하지 못하면 노력하기가 점점 힘겨워지지만, 반대로 목표를 달성한다 해도 이번에는 동기부여가 약해져 의욕이 생기지 않게 된다. 결과적으로 어느 쪽이나 모두 번아웃 되기 쉬우므로, 운동선수들을 지도하기란 대단히 어렵다.

운동선수가 실력을 향상시키려고 한다면 목표 설정이 반드시 필

요하다. 그러나 그런 목표도 마음을 설레게 하는 목적이 뒷받침되지
않는다면, 그 목표를 향해 사람들을 힘차게 이끌어가는 역동적인 목
표가 되지는 못한다.

**힘겨운 목표도 목적이 뒷받침된다면
사람들을 설레게 하는 목표가 될 수 있다**

양키즈 소속의 마쓰이 히데키(松井秀喜) 선수는 메이저리거가 된
첫해에 취재진들의 질문을 받고도 자신이 목표로 하는 타율이나 홈
런 수를 절대 이야기하지 않았다. 물론 마음속으로는 타율 몇 할 몇
푼, 홈런 몇 개라는 목표가 분명 있었을 것이다. 하지만 그는 늘 나
름대로 납득할 수 있는 플레이, 팬들이 기뻐할 수 있는 배팅이 목적
이라고만 이야기했다.

메이저리그와 같이 결과만이 모든 것을 이야기해 주는 세계에서
는 일단 목표수치를 내세우면 그 목표를 실현하는 것이 플레이의 목
적이 되어 버리기 쉽다. 그는 그렇게 해서 프로로서 가장 소중한 무
언가를 잃게 되는 것을 두려워했던 것이다.

같은 해, 이치로(一郎) 선수는 메이저리그 3년째도 확실한 성적을
남기는 것을 목표로 내세우고 시즌에 임했다. 그 결과 이치로 선수한
테서는 웃음이 사라졌고, 수치에 대한 중압감 때문에 구토가 나고 가

슴이 답답해지는 명백한 신경쇠약 증상에 시달리게 되었다. 그런 상태에서도 3년 연속 200개 안타의 위업을 달성한 것은 과연 이치로라고 할 수밖에 없지만, 팬들에게는 힘들었다는 인상만이 남게 되었다.

목적과 목표는 아주 흡사하다. 둘을 착각하는 것도 무리가 아닐 정도로 비슷하다. 하지만 이 둘 사이에는 사실 하늘과 땅만큼 커다란 차이가 있다.

## 목표만 좇다보면 마침내 몸도 마음도 구멍이 뚫린다

여러분에게는 목표가 없는 걸까, 아니면 목적이 없는 걸까? 자신에게는 도대체 어느 것이 없는지를 확실하게 해둘 필요가 있다. 그렇지 않으면 부자가 되는 것이 인생의 목적이라는 외로운 착각에 빠지는 사람도 생길 수 있다.

돈이란 인생과 마찬가지로 무언가를 위해 쓰는 것이며, 그 무언가가 없으면 머지않아 돈을 모으는 의미가 없어진다.

목표가 되기 쉬운 것이 수치이다. 수치라면 누구나 쉽게 알 수 있으므로 기업에서는 달성목표로서 매출과 같은 수치를 꼽는다. 이런 목표는 계산과 분석을 바탕으로 하여 합리적으로 설정되며, 합리적으로 설정되지 않은 목표는 과대망상이 되고 만다.

즉, 목표는 냉정한 논리두뇌가 생각해 낸다. 마음으로는 느끼지 못하더라도 두뇌로 이해하면 되기 때문에 누구나 알기 쉽다. 하지만 수치적인 목표만으로는 성취감이라는 일시적인 자기만족은 기대할 수 있다 해도, 수치 자체에는 아무런 흥미도 느낄 수 없다.

그런 경우에는 조금도 마음이 설레지 않기 때문에 머지않아 목표를 지향하는 데 흥미를 잃게 되며, 흥미가 없는 일을 계속 하다보면 스트레스가 쌓이고, 스트레스가 쌓이면 몸에도 마음에도 구멍이 뚫리게 되는 것이다.

인간이라는 동물은 재미나 즐거움을 느끼지 못하면 똑같은 일을 똑같이 하더라도 몸이나 마음에 구멍이 뚫리게 된다.

그렇게 재미도 없는 달성목표를 순식간에 너무나 재미있게 만들어주는 것이 바로 목적이라는 '마법의 지팡이'이다. 메이지유신의 공신 다카스기 신사쿠(高杉晋作)의 말을 빌리자면, 목적이란 '아무 재미도 없는 세상을 재미있게' 만드는 것이다.

세상에는 뭔가 재미있는 일이 없나 하고 기대하는 사람도 있지만, 솔직히 세상은 아무 재미도 없다. 재미있어야 할 연애조차 2~3년만 지나면 싫증이 나고 재미없어지니까, 일이나 운동연습이 재미있을 리가 없다. 그러나 목적이 있다면 아무 재미도 없는 세상을 재미있게 살 수 있다는 게 에도 바쿠후(幕府)를 쓰러뜨리고 신생 일본을 세운다는 장대한 목적에 목숨을 걸었던 다카스기 신사쿠의 말이다.

세상에는 재미있는 일이나 보람 있는 일이
그저 굴러다닐 리는 없고, 그런 것은
그 일 속에서 스스로 찾아내는 목적에 의해 만들어진다.

아무리 그렇다 해도 어째서 목적에는 사람들을 즐겁게 해 주거나 몰입시키는, 목표에는 없는 그런 불가사의한 힘이 있는 걸까? 어째서 여러분은 그런 멋진 목적을 찾지 못하는 걸까? 도대체 어떤 것들이 인생의 목적이 될 수 있는 걸까?

그것을 이해하기 위해서는 우리 두뇌의 구조를 이해해 둘 필요가 있다. 목표는 타인으로부터 주어지는 경우도 있지만, 목적은 오로지 자신의 머릿속에서밖에 나오지 않는다.

## 마음이 뜻대로 되지 않는 것은 두뇌 구조 때문이다

알기 쉽게 설명하자면, 사람의 두뇌는 3층 건물(3층 구조)로 되어 있는데 이는 동물의 진화와 더불어 발달해 온 것으로, 물고기의 두뇌는 단층 건물, 뱀과 같은 파충류는 2층 건물, 포유류의 경우는 3층 건물 식으로 점차 층수가 높아지고 복잡해진다.

물고기나 파충류는 무엇 때문에 사는가 하는 쓸데없는 일은 생각하지 않는다. 무언가를 생각하기 위해서는 제3층에 존재하는 대뇌 신피질(新皮質)이라는 생각하거나 사고하는 두뇌가 필요한데, 물고기나 파충류에는 이런 두뇌가 거의 존재하지 않는다.

그렇다면 포유류인 사자나 원숭이는 삶의 목적으로 고민을 할까? 아니다. 그런 포유류들도 삶의 목적과는 관계없이 지극히 단순한 삶을 살고 있다.

사자나 원숭이에게 직접 물어보지 않은 내가 어떻게 그렇게 단언할 수 있느냐? 물어볼 수 없다는 사실 바로 그것이 결정적인 이유이다. 인생의 목적이라는 복잡한 사고는 언어가 없으면 불가능하다. 사람의 제3층(대뇌 신피질)은 침팬지나 고릴라의 3배나 된다고 하는데, 그렇게 크게 발달한 대뇌 신피질이 돼야 비로소 언어를 통해 생각하거나 이야기를 하는 고도의 정신활동이 가능해진다.

그러나 거기에는 중대한 문제가 하나 있다.

그것은 바로, 동물에게는 결코 찾아볼 수 없는 고민이 생긴다는 것이다. 왜 그런가 하면, 대뇌 신피질을 통해 생각을 하더라도 인간은 생각한 대로 모두 행동할 수 있는 것은 아니기 때문이다.

예를 들면, 담배나 술을 끊어야겠다고 생각을 하는데도 좀처럼 끊을 수 없으며, 떠나간 연인을 잊고 싶은데도 자꾸만 생각나 미칠 지경이다. 또 노력해야겠다고 아무리 생각해도 어찌된 일인지 그 노력을 할 수가 없고, 노력해야 한다고 생각하면 할수록 오히려 노력을 할 수 없게 된다.

우리의 고민에는 이런 종류가 대단히 많다. 불교에서는 자신의 생각대로 되지 않는 것을 고(苦)라고 하는 모양인데, 한편 곰곰이 생각해 보면 사실 마음만큼 자신의 뜻대로 되지 않는 것도 없다.

그 까닭은 대뇌 신피질의 토대가 되는 제1층과 제2층 부분의 훨씬 원시적인 두뇌가 대뇌 신피질의 논리에 저항하기 때문이다.

그 두 개의 뇌 중 1층에 있는 뇌간(腦幹)·척수(脊髓)는 호흡과 혈압, 체온조절, 반사기능 등 사람이 살아가는데 있어 가장 기본적인 생명활동을 유지하고 있으며, 2층에 있는 대뇌 변연계(邊緣系)는 약간 더 고도의 식욕·성욕과 같은 동물적인 본능, 감정, 또 잠재적인 기억에 관련된 일을 하고 있는데, 우리의 의지로는 뜻대로 되지 않는 무의식의 영역인 이 두 뇌를 합쳐서 본능반사영역(IRA)이라고 한다.

이렇게 복잡한 구조로 이루어져 있기 때문에 우리들 마음은 자신(대뇌 신피질)의 생각대로 움직여지지 않고, 자신이 바라는 대로 살기도 어렵다. 아무리 노력을 하고 싶어도 뇌 전체의 바탕에 깔려 있는 IRA(본능반사영역)가 노력하는 걸 싫어한다면 아무리 해도 노력을 할 수가 없다. 최상층인 대뇌 신피질로부터의 하향식 지시만으로는 제대로 움직여지지 않는 것이 우리 두뇌인 것이다.

대부분의 사람들은 이런 두뇌구조를 이해하지 못한다. 따라서 담배를 끊지 못해 자기혐오에 빠지기도 하고, 전혀 그럴 필요가 없는데도 노력을 하지 못하는 자신에 대해 절망하기도 한다. 여기서는 설명하지 않겠지만, IRA를 잘만 활용하면 금주나 금연 따위는 아주 쉽게 성공할 수 있다.

만약 자신의 꿈이나 소망을 실현하고자 한다면 IRA의 법칙을 이해하고 이를 잘 활용하면서 자신의 뜻에 반하는 인생을 살지 않도록 잘 통제해나갈 필요가 있는데, 진정한 성공인이란 자신도 모르게 이를 실행하는 사람들이다.

## 일이 재미없는 것은 일을 즐기지 않으면 안 된다는 생각 때문이다

IRA의 법칙을 이해하기 위해, 뇌에 대한 이야기를 좀 더 하기로 하자.

뇌라는 표현에 많은 사람들은 뇌의 표면에 있는 주름을 연상하게 된다. 표면의 주름 부분이 대뇌 신피질이며, 이 신피질은 한가운데를 세로로 달리는 대뇌종렬(大腦縱裂)이라는 깊숙한 홈으로 좌뇌와 우뇌로 나뉘어져 있다.

잘 알려진 대로, 좌뇌는 논리나 계산, 분석적 사고 등에 큰 힘을 발휘하는 논리두뇌이며, 우뇌는 직감이나 감정, 전체적인 파악, 이미지 등 느끼는 것을 전문으로 하는 이미지 두뇌이다. 이 우뇌는 그 성질상 좌뇌보다도 훨씬 강하며, 본능의 뇌이기도 하고 감정의 뇌이기도 한 IRA와 연결되어 있다.

물론 실제로는 이렇게 단순하지가 않아서, 오른손잡이와 왼손잡이 사이에서는 그 우위기능이 반대로 된다는 식으로 쉽게 구분할 수는 없다. 그러나 사물은 일단 단순화시켜 보면 의외의 진실을 찾을 수 있다는 장점이 있다.

예를 들면, 수학을 싫어하는 아이들이 왜 많은가 하면, 논리두뇌만 작동하게 되면 느끼는 기쁨이 적어서 재미나 즐거움을 느끼지 못하기 때문이다. 부모도 그런 사실을 알고 있기 때문에 '이번 시험에서 100점 받으면 갖고 싶은 것을 사줄게'라며 보상에 의한 기쁨을 마련해야 한다. 언뜻 보면 좋은 방법인 듯하지만, 그런 보상을 바라고 노력하는 것이 습관화되어 버린 사람은 스스로 목적을 잘 찾아내지 못하게 된다.

수치 목표나 책임량이 재미없는 것도 당연한 것이, 좌뇌만 활동하게 되면 IRA에는 기쁨이 생성되지 않는다. 따라서 '~하자'는 자발성보다는 '~해야 한다'고 하는, 좌뇌가 주장하는 논리적인 의무감이 강조된다.

지금까지 우리가 인생의 목적이라고 생각해 온 것들은 솔직히 논리두뇌에 의해 결정된 것들이 많았다. 회사를 위해 열심히 일해야 한다거나 가족들을 먹여 살려야 한다, 효도를 해야 한다는 등, 수치 목표나 책임량과 마찬가지로 거기에는 기쁨보다는 스트레스가 수반되는 것들이었다.

요즈음에도 플러스적 사고를 하지 않으면 안 된다거나 일은 즐겁게 하지 않으면 안 된다는 식의 논리에 빠지는 사람들이 있는데, 이런 좌뇌적 발상을 고집하게 되면 절대로 플러스적 사고를 할 수 없으며, 결코 재미있게 일할 수 없다.

## 인간은 가만 놔두면 자연히 마이너스적인 사고를 하게 된다

이츠키 히로유키(五木寬之)는 『인생의 목적』이라는 책에서 '인생에는 목적이 없다'고 했다. 이 정도 대작가가 되면 서툰 실수는 저지르지 않는다. 확실히 인생에는 목적이 없다. 그도 그럴 것이, 인생의 목적은 있느냐 없느냐의 문제가 아니라 그것을 느끼느냐 느끼지 못하느냐의 문제이기 때문이다.

생각하는 두뇌로 찾는 한 인생의 목적은 영원히 찾을 수 없다. 원래 논리두뇌는 수비가 전문이며, 위기관리를 위해 만들어진 두뇌이기 때문이다.

인간이란 동물 중에서 가장 약한 존재이다. 사자와 같은 날카로운 발톱이나 이빨도 없으며, 말과 같이 빨리 달리지도 못한다. 또 쥐나 토끼의 날램도 없으며, 고릴라의 완력이나 개의 예민한 후각과 청각도 갖추지 못하고 있다. 그렇게 형편없이 무력한 인류가 멸망하지도 않고 동물계의 지배자인 양 뽐낼 수 있는 것은 위험한 적으로부터 몸을 지킬 수 있는 뛰어난 위기관리능력 덕택이다.

당장 눈앞에 적이 없더라도 인간은 논리적으로 추리하면서 위기를 예측할 수 있으며, 적의 행동패턴을 분석하고 계산하여 미리 대처할 수도 있다. 즉, 논리두뇌를 활용함으로써 미래에 닥쳐올 위기를 피하면서 인류는 생존해 왔다. 동물이 코앞의 위기에 반응하는데 반해 인간은 어두운 미래를 예상하고 그렇게 되지 않도록 노력하는 위기관리능력이 월등히 뛰어났던 것이다.

우리가 마이너스적 사고를 잘 하는 것도 그런 까닭이다. 가만 놔두면 대부분의 사람들은 자신도 모르는 사이에 마이너스적인 사고를 하게 된다. 성공할 수 있다는 확신이 서지 않고, '실패하면 어쩌지?' 하는 생각부터 하게 된다.

소심한 논리두뇌는 이내 무언가의 위험을 예상하고, 그러면 그 정보가 곧바로 IRA(본능반사영역)로 보내져 대뇌 변연계에는 불안이나 두려움과 같은 마이너스적인 감정이 생기게 된다. 그러면 이번에는 그것이 피드백 되고 그 마이너스적 감정을 에너지원으로 하여 논리두뇌가 활동하기 시작한다.

'어떻게 하면 위기를 피할 수 있나?'

이것이 바로 마이너스적 사고의 정체이다.

겁쟁이인 논리두뇌가 IRA에 만들어낸 불안이나 두려움과 같은 마이너스적 감정은 자율신경을 지배하고 있는 뇌간(腦幹)에도 전달이 되어 곧바로 스트레스 반응을 일으킨다.

이렇게 되면 교감신경이 비정상적으로 항진(亢進)하여, 극단적인 경우 손이 떨리고 얼굴이 창백해지며 심장이 두근거리고 숨쉬기가 답답해지며, 너무 걱정이 되어 잠을 이룰 수 없기도 하고 안절부절 못하기도 한다.

이런 것을 중압감이라고도 할 수 있을 것이다. 교감신경이 활발해지므로 일종의 흥분상태가 일어나 행동력도 증가한다.

동기부여가 낮은 사람들은 이런 중압감을 노력의 원동력으로 삼고 있으며, 실제로 논리두뇌가 설정하는 목표는 대체로 중압감을 부여함으로써 스스로의 기능을 하게 된다.

'내일까지 이 일을 끝내지 못하면 상사에게 혼난다'

'주어진 책임량을 해내지 못하면 감봉 당한다'

'기록을 세우지 못하면 대표가 될 수 없다'

이러한 불안과 두려움, 걱정 때문에 어쩔 수 없이 열심히 하게 되는 것이다.

그러나 거기에는 대단히 곤란한 점이 있다.


• 중압감이라는 동기부여에 의해 행동하게 되면 즐겁지도 않고 재미도 없다
• 중압감이라는 동기부여에 의해 행동하게 되면 마이너스적 이미지나 마이너스적 감정, 마이너스적 사고가 강해진다
• 중압감이라는 동기부여로는 용기가 생기지 않는다
• 중압감이라는 동기부여로는 새로운 일에 도전할 수 없다
• 중압감이라는 동기부여로는 스트레스가 커지고 행복감이 사라진다


앞서 언급한 이치로 선수가 바로 그런 상태였다고 나는 생각한다. 따라서 달성해야 할 목표라 하더라도 그것을 달성하지 않으면 안 된다는 중압감을 갖기보다는 목적이라는 보다 큰 원동력이 뒷받침될 필요가 있는 것이다.

## 목적이란 무엇을 최고의 가치로 삼고 사느냐 하는 것이다

가까운 예를 들어 생각해보자.

'마당이 있는 단독주택을 갖고 싶다' 이것은 아주 소박한 꿈일지도 모르겠지만, 이런 꿈을 목표로 삼는 사람도 많을 것이다. 그러나 내 집을 갖고 싶어 하는 사람이 모두 그 꿈을 실현할 수 있는 것은 아니며, 중도에 포기해 버리는 사람도 있다.

도중에 좌절하는 경우로는 두 가지 패턴이 있다.

그 하나는, 명확한 목표가 없을 때이다.

막연히 내 집을 갖고 싶어할 뿐 어느 장소에 어떤 집을 갖고 싶은지, 집을 구입하거나 짓는데 비용이 얼마나 드는지, 그러한 명확한 목표가 확실하게 서 있지 않으면 시간만 무심히 흘러가버려 이런 소박한 꿈조차 실현할 수 없게 된다.

또 하나는, 목표밖에 없는 사람들의 패턴이다.

집을 마련한다 → 저축을 해야 한다

어떤 꿈이든 현실적인 과정을 거치지 않으면 실현할 수 없으므로, 당연히 사람들은 그런 맥락으로 생각한다. 그러나 대부분의 사람들은 저축을 하기란 쉽지가 않고 힘든 일이라고 생각하기 때문에 그 과정이 고통스러워지고 어느새 좌절해 버리고 만다.

그러나 이 경우에도 강제적으로 주어지는 동기부여에 강한 사람이라면 어쨌거나 집을 마련할 때까지는 어떻게든 노력할 것이다.

'남자 체면에 집 한 채도 없다는 건 창피한 일이다'

'마흔이 넘어서 셋방살이라니 꼴사납다'

그러나 이런 중압감 때문에 하는 노력은 분명 힘이 든다. 부부가 힘을 합쳐 엄청난 고생을 해 가면서 저축해서 마침내 교외에 집을 장만하자마자, 그때까지는 자기 집을 마련한다는 목표 아래 똘똘 뭉쳤던 가족들이 뿔뿔이 흩어져 버렸다는 이야기도 들었다.

또, 동창회에서 집 자랑을 하고 싶은 나머지 서둘러 주택을 하나 분양받았으나, 막상 이사해 보니 터무니없이 결함이 많은 집이었다는 웃지 못 할 이야기도 있다.

어느 경우든 집이라는 목표는 확실했다. 하지만 그 목표에는 집을 사는 분명한 목적인 가족들의 행복에 대한 풍요로운 이미지, 즉 목적이 빠져 있었던 것이다.

처자식들이 그 집에서 어떤 생활을 할까? 어떤 식으로 지내면 모두들 기뻐할까? 그러기 위해서는 어떤 집을 지으면 좋을까? 이렇게 가족의 행복이라는 목적의식이 없는 사람은 부동산이나 건축업자들이 권하는 집을 사고는 나중에 후회하게 된다. 다시 말해 이렇다.

## 목적은 목표를 구체화시킨다.

이는 감정을 수반하는 상상력의 문제이기 때문에, 느낄 수 있느냐 없느냐 하는 문제이며 좌뇌의 논리만으로 생각해서는 좀처럼 깨닫기 어렵다.

내가 아는 젊은 친구 하나가 멋진 집을 지었는데, 그 집은 그리 호화찬란한 대저택은 아니었다. 그 친구는 자기 아들이 다리가 불편하기 때문에, 다리가 불편해도 편하게 다닐 수 있는 그런 집을 지은 것이다. 아이들 방은 물론 마루나 화장실, 욕실 등에 다양한 연구가 이루어졌고, 부인이나 앞으로 같이 살 부모님을 위해서도 여기저기 세심한 배려를 했다. 그 집에 들어서는 순간 인간적인 따스함이 전해져 왔으며, 이런 집을 짓기 위해 노력한다면 참 행복하겠다는 생각이 들게 하는 그런 집이었다.

그 친구가 집을 지으려는 목적에는 그의 삶과 인생관이 드러나 있었다. 그 친구는 자신에게 무엇이 가장 소중한지 잘 알고 있었으며, 그런 관점에서 집이라는 것을 바라보았던 것이다.

세상에서는 그런 소중한 것을 이념이라고 한다. 사전에서 이념을 찾아보면, '무엇을 최고의 것으로 받아들이느냐에 대한 그 사람의 근본적인 생각' 이라고 나와 있다. 그 이념이라는 것은 근본적이기 때문에 삶과 관계가 있는 것이다.


## 인생의 목적은 반드시 자신 아니면 다른 사람에게 귀착된다


"여러분에게 최고의 것, 즉 가장 소중한 것은 무엇입니까?"

이런 질문을 받으면 여러분은 뭐라고 답하겠는가? 최고, 가장에 해당하는 것을 지금 당장 정하기는 어려울 지도 모르겠지만, 그래도 무언가 하나를 정해서 다음 빈칸에 그 답을 적은 후에 다음 설명을 읽어 주기 바란다.

　답


앞서 예를 든 친구는 가족, 특히 아들이 행복해졌으면 좋겠다고 답했다.

역시 돈이 제일이라고 답한 사람도 있었고, 사람에 따라서는 돈벌

이도 이념이 될 수 있으며, 일이나 출세, 꿈의 실현이야말로 가장 소중하다고 생각하는 사람도 있을 수 있다. 또, 설마 방 10칸짜리 대저택이라고 대답할 사람은 없겠지만 어쩌면 그런 사람이 있을 지도 모르며, 조상 대대로 내려오는 보물이나 취미로 모은 골동품도 있을 것이고, 젊은이라면 애인이라고 대답할 사람도 있을 것이다. 부모님이라고 대답하는 사람이 있다면 그 사람 참 대단하다고 생각하겠지만, 아마도 그리 많지는 않을 것이다. 아 참, 자신의 생명도 빠뜨려서는 안 된다. 그리고 무엇보다도 건강을 소중히 하는 사람도 분명 있을 것이다.

무엇이 최고라고 생각하느냐는 사람들에 따라 모두 다르다.

그렇다면, 질문을 바꿔보자.

"여기에 여러분 마음대로 쓸 수 있는 돈 천만 원이 있습니다. 이 돈을 무엇에 쓰겠습니까?"

답

질문을 이렇게 바꾸면 답은 상당히 좁혀질 것이다. 구체적인 쓰임

새는 제각각이겠지만, 돈이라는 불가사의한 힘을 자신의 행복(기쁨)을 위해 쓰느냐, 다른 사람의 행복(기쁨)을 위해 쓰느냐, 이 두 가지밖에 없다.

여러분이 생각한 천만 원의 쓰임새도 아마 그 둘 중 하나에 속하지 않을까? 그리고 일단 이와 같이 나눠보면 놀랍게도 처음 질문, 즉 무엇을 최고의 것으로 생각하느냐, 무엇을 가장 소중하게 생각하느냐 하는 질문에 대한 답도 이 두 가지로 분류할 수 있다는 사실을 깨닫게 될 것이다.

요약해보면, 사람이 느끼는 행복의 종류는 두 가지밖에 없다.
자신을 기쁘게 해 주는 행복이냐?
남을 기쁘게 해 주는 행복이냐?

인생의 목적도 결국은 이 두 가지 행복 중 하나로 귀결된다.


## 자살을 하는 사람도 행복을 추구하기 때문에 죽음을 택한다


나는 행복 따윈 필요 없다. 이렇게 생각하는 사람도 있을 수 있겠지만, 대부분의 인간은 행복해지길 바라며 살고 있다. 본인이 아무리 부정해도 역시 행복해지길 바라고 있다. 왜냐하면, 인간의 두뇌가 그것을 원하지 않을 수 없는 구조로 되어 있기 때문이다.

예를 들면, 맛있는 것을 먹으면 사람은 행복감을 느낀다. 이 행복감은 달다 쓰다 하는 미각과는 별개의 것으로 분명 인간의 두뇌인 대뇌 신피질이 행복하다고 느끼는데, 그렇다면 단순한 미각과는 다른 이 행복감은 도대체 어디에서부터 신피질로 전해져 오는 걸까? 사실 IRA(본능반사영역)에는 편도핵(扁桃核)이라는 좋고 나쁨과 쾌감과 불쾌감을 판별하는 신경조직이 있으며 이 조직이 판별한 정보가 끊임없이 제3층(대뇌 신피질)으로 전달된다.

즉, 편도핵이 그 미각을 쾌감이라고 판단했을 때, 편도핵이 있는 제2층(대뇌 변연계)에 생기는 플러스적 감정을 제3층에서는 행복이라는 단어로 번역하는 것이다.

참고로, 쾌감·불쾌감에 대한 정보는 자율신경이나 호르몬을 통제하고 있는 제1층(뇌간·척수)으로도 순간적으로 전달되어, 불쾌감은 몸에 스트레스 반응을 일으키고 쾌감은 편안한 상태를 만들도록 되어 있다.

따라서 맛있는 음식을 먹을 때는 몸도 편안해지고 행복감이 솟아나며, 자기가 좋아하는 사람 곁에 있을 때도 심신이 편안해져 행복감에 빠져들게 되는 것이다.

자신이 좋아하는 사람 곁에 있으면 왠지 막 흥분이 된다는 사람도 있는데, 흥분은 스트레스이기 때문에 그 스트레스를 어떻게든 해소하고 싶어 하며, 흥분상태를 해소하고 쾌감을 듬뿍 얻고자 하는 욕망에 이끌려 자칫 충동적으로 행동하게 되면 결혼이라는 사태가 기다리고 있다.

곰곰이 생각해 보면 개체의 생존유지와 종의 보존이라는 생물학적 2대 목적이 이미 식욕과 성욕이라는 형태로 쾌감과 단단히 연결되어 있다. 그래서 불쾌감을 피하고 쾌감을 추구하지 않는다면 개체는 생존할 수 없으며 종도 멸망하게 된다.

즉, 동물은 모두 쾌감이라는 본능적인 동기부여를 바탕으로 생존하는 것이다.

인간의 경우 또한 마찬가지이다. 아무리 훌륭한 논리를 내세운다 해도 '쾌감＝행복'을 동기부여로 해서 생존한다는 사실에는 변함이 없다. 따라서 행복한 것은 질색이고 힘든 것이 더 좋다는 사람도 역시 힘들다는 행복을 추구하고 있으며, 자살하는 사람마저도 괴로우니까 죽는 것이 아니라 자살이라는 행복을 추구하니까 죽음을 선택하는 것이다.

## 사회적 동물인 인간은 남을 행복하게 해주는 행복감을 알고 있다

그러나 인간이 자신의 쾌감, 즉 자신의 행복밖에는 안중에 없다면 동물과 다를 바 없을 것이다. 단지 그에 머무르지 않고 '자신 이외의 사람을 기쁘게 해 주는 행복'이라는 또 다른 행복감을 느낄 수 있다는 것은 바로 인간이 사회적 동물이기 때문이다.

그 증거의 하나가 바로 나 자신이다. 꽃을 사들고 집으로 달려갔을 때 아내가 기뻐하는 모습을 보면 나는 행복감을 느끼게 되고, 그러면 '좋았어! 내일도 열심히 일하는 거야!' 하는 생각이 드는 것이다. 그런 정도로 노동의욕이 솟구치다니, 어지간히 연약한 사람이로군, 하며 어처구니없어할 사람이 있을 수도 있겠지만, 내 경우에는 그런 행복감이 얼마나 힘이 되는지 모른다.

누군가는 그것도 결국은 자신을 위한 행복이 아닌가 하는 날카로운 지적을 할는지도 모르겠다. 그도 그럴 것이 바로 그게 남을 기쁘게 해주는 (자신의) 행복감인 것이다.

사회적 동물은 혼자서는 살아갈 수 없다. 이는 갓난아이가 혼자서는 살 수 없다는 사실만 보아도 알 수 있는데, 강아지는 인간이 길러 줘도 개가 되지만 인간의 갓난아이는 인간이 길러 주지 않으면 인간이 될 수 없다.

예전에 인도에서 발견된 '늑대에 의해 길러진 자매'는 늑대의 습성을 그대로 가지고 있어, 인간의 보호를 받고나서도 그 습성을 바꾸지 못하고 인간사회에 적응을 하지 못한 채 얼마 지나지 않아 둘다 죽고 말았다.

인간은 다른 사람들과 관계를 가지면서 살아갈 수밖에 없는 존재로서, 나 또한 아내가 웃음으로 대해 주지 않으면 기분 좋게 일을 할수가 없다.

마누라가 매일 바가지만 긁으면 스트레스가 쌓이게 될 것이며, 또 스트레스가 오래 지속되면 자율신경이나 호르몬 분비에 이상이 생겨 면역력도 떨어지므로 여러 가지 병도 앓기 쉽다.

내가 살아가기 위해서 나는 꽃을 사들고 아내한테 달려간다.

그러나 그것만이 이유는 아니다. 아내가 기뻐하는 모습을 보고 있으면, 이상하게 나까지 기분이 좋아지는 것이다.

남이 좋아하는 모습을 보면 내 IRA에 쾌감과 편안함이 생겨나기 때문이다. 인간이라는 동물은 다른 사람과 행복을 공유할 수 있다는, 자연계에서는 상상할 수도 없는 놀라운 능력을 가지고 있는 듯하다. 갓난아이마저도 부모를 기쁘게 하려고 생글생글 웃지 않는가?

인간은 서로간의 관계 속에서 살 수밖에 없기 때문에, 자신의 행복뿐만 아니라 다른 사람이 기뻐하는 모습을 보고 기분이 좋아지는

행복감, 다른 사람을 행복하게 해 주는 행복감을 잘 알고 있는 것
이다.


## 성공한 사람들은 모두 자기가 무엇 때문에 사는지를 알고 있다


이 책의 서장에서 인생의 목적은 그저 쑥스러운 것이라고 했는데,
그 이유를 조금은 알 수 있으리라 생각한다.

다른 사람을 물리치고, 다른 사람을 제압하고, 다른 사람을 압도
하지 않으면 경쟁사회에서 살아남을 수 없다고 오해하는 사람이 많
으며, 경쟁사회에서는 철저하게 자신의 행복만을 추구하는 것이 정
직하고 거리낄 것이 없다고 생각하기 쉽다. 반면 남을 기쁘게 해 주
는 행복이라는 목적에는 어딘지 거짓이 감춰져 있는 듯한 느낌이 들
며 왠지 속이 들여다보이는 듯한 느낌이 든다. 그래서 꽃을 사들고
가서 아내를 즐겁게 해주는 일마저 쑥스러워서 하지 못한다.

그러나 비즈니스의 본질은 어떤 비즈니스건 남을 기쁘게 해주는
행복에 있다.

적어도 소위 성공했다는 사람들에게는 반드시 그런 목적의식이
있었는데, 그 목적의식은 소니의 창업자들과 같이 일본 재건, 문화

향상일 수도 있으며, 혼다 소이치로가 말한 인간의 행복을 기술을 통해 구체화시키는 사명일 수도 있다.

오늘날까지 아직도 그러한 이념을 겉치레적인 구호라고 받아들이는 사람들이 많은데, 결코 그렇지 않다. 그 사람들은 그런 쑥스러운 일을 진심으로 느끼고 진정으로 인생의 목적으로 삼았던 것이다. 나중에 설명하겠지만, 그들이 그렇게 할 수 있었던 것은 IRA에서 유래된 그러한 목적이 뒷받침되지 않으면 치열한 경쟁사회에서 살아남을 수 없다는 사실을 잘 알고 있었기 때문이다.

바로 그렇기 때문에 나는 내 아들에게 '공부는 너 자신을 위한 것'이라고는 한 번도 이야기한 적이 없다. 나는 공부는 '너 자신을 위해서 하는 것이 아니라, 어머니를 위해서 하는 것'이라고 얘기해 왔는데, 이 또한 이런 인생의 법칙 때문이다.

노력하는 것이 괴롭다고 생각하는 사람은
틀림없이 자기 자신만을 위해 노력하고 있다.

따라서 나는 딸에게도 '네 자신만 행복해지려는 결혼은 하지 마라. 결혼이란 너 자신만을 위한 것이 아니다'라고 말한다.

나는 항상 상대방을 행복하게 해 주는 행복감을 얻기 위해 결혼하라고 말해 주고 있다.

　물론 집에서 기르는 애완견 론에게는 자신만 위해서는 안 된다는 어리석은 이야기는 해 주지 않으며, 사람을 물면 안 된다는 말만 해 줄 뿐이다. 왜냐하면 론에게는 인생의 목적이 필요 없기 때문이다.

　이쯤에서 이 장에서 설명한 내용을 정리해보자.


- 목적이 없으면 노력하는 것이 무의미하다는 생각이 든다
- 목적이 없으면 인생이 외로워진다
- 목적이 뒷받침되지 않는 목표는 재미도 없고 즐겁지도 않다
- 목적은 목표를 구체화시키고 재미있게 만든다
- 목적이란 이념이며 삶의 방식이다
- 인생의 목적은 자신을 기쁘게 해 주는 행복이나 남을 기쁘게 해주는 행복 둘 중의 하나로 귀착된다
- 진정한 성공인은 남을 기쁘게 해 주는 행복에 대해 잘 알고 있다


　그러나 여기에도 한 가지 중요한 문제가 있다. 인생의 목적은 논리두뇌로 짜내는 것이 아니라 마음으로 느끼는 것이라는 사실이다. 진정으로 느끼지 못하면 인생의 목적이 될 수 없다. 쑥스럽고 속이 들여다보인다는 생각이 들면 안 되는 것이다. IRA에 있는 감정이나 잠재의식이 이 목적에 저항한다면 마음은 자신의 뜻대로 움직여지지 않는다.

그렇다면 어떻게 하면 우리의 인생에 삶의 의미와 가치를 부여해
줄 멋진 목적을 찾을 수 있을까?

다음 장부터는 인생의 목적을 느끼는 방법과 '마법의 지팡이'에
대해 설명해나가도록 하겠다.

자신의 인생을
찾아주는 마법의 지팡이

# 죽음을 연상하라

제 2 장

## 죽음이라는 시간적 한계는
## 자신이 정말로 하고 싶은 일이 무엇인지 알려 준다

이 세상에 절대로 의심할 수 없는 것이 있다면 그것은 바로 사람은 반드시 죽는다는 것이다. 모든 사물에는 대체로 예외가 있지만, 어찌된 일인지 이것만은 예외가 없다. 사망률 100%인 이 죽음을 피한 사람은 아직까지 한 사람도 없었기 때문이다.

이 세상에 태어나는 순간부터 우리는 사망률 100%인 삶이라는 희한한 병에 걸린다.

그러나 이상한 것은, 이 희한한 병을 심각하게 걱정하는 사람이 별로 없다는 사실이다. 암을 걱정하는 사람은 많다. 최근에는 의료 기술이 발달하여 암도 조기에 발견하면 80~90%는 완치할 수 있다고 하는데도, 그런 암은 열심히 걱정하면서 완치율 제로인 삶이라는 병을 걱정하는 사람은 거의 없는 것이다. 하긴 사망률이 100%이기 때문에 새삼 걱정을 한다 해도 피할 방법이 없으며, 대부분의 사람들은 평소 자신도 언젠가는 죽는다는 사실을 까맣게 잊은 채 활기차게 살아간다.

인생의 목적이나 삶의 보람을 찾기 위한 나의 첫 번째 제안은 평소에 잊고 있던 이 죽음이라는 존재를 떠올려 보자는 것이다.

사실 인간에게는 기묘한 습성이 있다. 마감이나 납기, 시합, 시험 등이 가까워지면 갑자기 일이나 연습, 공부를 열심히 하게 된다. 미리부터 열심히 해 왔으면 좀 더 편할 텐데 어찌된 일인지 그러지 못하고, 이상하게 모두들 시간적 한계에 임박해서야 진지한 자세로 노력하게 된다.

시간적 한계가 가까워지면 그때까지 애매모호했던 뭔가가 갑자기 명확해져서, 자신이 지금 무슨 일을 해야 할지 알게 되는 것이다.

- 시간적 한계를 의식하지 않으면 인간은 언제든지 할 수 있다고 생각해 버린다
- 시간적 한계는 목표를 분명하게 해 준다
- 시간적 한계는 목표에 이르기까지의 과정을 구체화시켜 준다
- 그렇기 때문에 시간적 한계를 의식하면 지금 당장 해야 할 일이 명확해진다.

어째서 시간적 한계에는 그런 훌륭한 효과가 있느냐 하면, 우리의 두뇌활동에 그 이유가 있다. 인간의 두뇌는 논리만으로는 웬만해서 움직이지 않는 지극히 게으른 녀석이지만, 구체적인 이미지가 있으면 본격적으로 움직이는 특성을 가지고 있다. 매실장아찌를 생각만 해도 입안에 침이 고이듯이 우뇌가 만들어내는 이미지는 IRA(본능

반사영역)를 자극하여 뇌 전체의 활동수준을 높여 주는 것이다.

시간적 한계는 목표에 이미지를 부여해 준다. 언제까지 해야 한다고 생각을 하면 구체적으로 미래를 연상할 수 있으므로, 그렇지 않은 경우보다 일이나 연습에 진지하게 임할 수 있게 된다. 따라서 꿈이나 소망도 시간적 한계를 설정하면 훨씬 실현하기 쉬워지는 것이다.

언젠가는 반드시 찾아오는 죽음도 인생의 시간적 한계이며 문자 그대로 데드라인이므로, 죽음을 연상하면 인생을 좀 더 진지하게 살아야겠다는 생각을 하게 된다.

하지만, 인생의 시간적 한계는 소중한 생명까지 끝나버린다는 점에서 통상적인 시간적 한계와는 크게 다르다. 그러면 생명이 끝난다는 것은 과연 무슨 의미일까? 그것은 더 이상 삶을 살지 않아도 된다는 뜻으로, 사회적인 책임이나 의무, 또 미래를 위해 뭔가 하지 않으면 안 된다고 하는 논리두뇌의 위기관리 논리에서 해방되어 자유로워지는 순간인 것이다.

즉, 자신에게 무엇이 가장 소중한지를 깨닫게 되는 것이다. 지금까지는 논리두뇌의 명령에 따라 여러 가지 일을 마지못해 해 왔을지

모른다. 하지만, 인생의 종말을 연상해 봄으로써 자신이 사실은 무엇을 가장 원했는지가 명확해진다.

## 만약 내일 죽는다고 하면 여러분은 오늘 무엇을 할 것인가?

유럽에는 '메멘토 모리(memento mori:죽음을 생각하라)'라는 격언이 있으며, 죽음을 생각하기 위해 중세의 귀족들은 연회 테이블에 해골까지 올려놓았다고 하는데, 여기에는 아무래도 어차피 죽을 테니까 지금 좀 더 즐기라는 의미가 있었던 것 같다.

귀족이란 참으로 불쌍한 존재들이었다. 귀족 외에는 아무것도 될 수 없으며, 그 가문에 태어났다는 이유만으로 평생 놀고먹어야만 했다. 소망이나 목표만 있으면 뭐든지 될 가능성이 있는 현대인과는 그런 점에서 완전히 달랐다.

흥미롭게도 지금이나 옛날이나 목표가 없는 사람은 현재의 쾌락을 가장 소중하게 여긴다고 하는 재미있는 공통점이 있다. 귀족은 원래 순수한 소비계층이기 때문에 생각하기에 따라서는 쾌락이야말로 그들에게는 가장 중요한 일이었다고 할 수 있을 지도 모른다. 그렇기 때문에 테이블에 놓인 해골을 보면서 배터지게 먹고, 배가 불러 더 이상 먹을 수 없게 되면 토해내고 또 먹는 일을 열심히 반복했던 것이다.

죽음의 이미지는 자신에게 가장 소중한 것이 무엇인지 명확하게 해 준다

큰 병을 앓았던 사람이 가치관이나 인생관의 극적인 변화를 체험하고 생활방식이나 인격까지 완전히 바뀌는 경우가 흔히 있는데, 병원 침대에 누워 있으면 죽음을 생각할 수밖에 없고 인생의 시간적 한계를 느끼게 된다. 또, 달리 할 일도 없으므로 자연히 '만약 내가 죽으면 어떻게 하나?' 하는 터무니없는 마이너스적 사고가 떠오르는 법이다.

극단적인 마이너스적 사고는 지금까지의 가치관이나 인생관에 의구심을 갖게 하므로, 때로는 철저하게 마이너스적인 사고에 빠져 보는 것도 나쁘지 않다. 그렇게 되면 시계추의 원칙에 의해 아무리 사소한 일이라 해도 훌륭하게 느껴질 수가 있다.

현재 살아 있다는, 평소에는 누구나 무시해 버리는 아주 시시한 일까지 대단하게 생각되고, 이 소중한 시간을 어떻게 활용하면 자신에게 가장 의미 있을까 생각하게 되며, 내가 지금 무엇을 하고 싶은지, 지금 무엇을 해야 하는지, 그러기 위해서는 하루하루를 진지하게 살거나 후회 없는 삶을 살자는 등의 평소에 하지 않던 각오까지 하게 된다.

즉, 하고 싶은 일이 없다거나 뭘 하고 싶은지 모르겠다는 사람은 분명 죽음에 대해 진지하게 생각해 본 적이 없는 사람이라고 할 수 있다.

그러나 세상에는 자신이 죽는다고 하는 마이너스적 사고를 잘 하지 못하는 사람도 적지 않으며, 자신은 영원히 늙거나 죽지 않을 거라는 완전한 오해 속에 살아가는 사람도 있다. '나는 젊으니까 현재를 살기도 바쁘다', '내가 죽는다는 것은 현실적으로 받아들일 수 없다', '이렇게 건강한데 죽음을 생각하다니 말도 안 된다' 는 사람도 많다.

여기서 다음과 같은 질문을 해 보기로 하자.

'만약 인생이 내일 끝난다면 당신은 오늘 무엇을 할 것인가?'

하지만, 이 질문에 대답을 하기 위해서는 약간의 용기가 필요하다. 이 질문에 답을 하려면 아무리 여러분의 마음의 질, 즉 심성을 숨기려 해도 어쩔 수 없이 밖으로 드러날 수밖에 없기 때문이다.


## 만약 내일 세상이 멸망한다면 여러분은 오늘 무엇을 할 것인가?


만약 내일 죽는다면 오늘 무엇을 할 것인가?

참으로 무서운 질문이다. 그러나 이 질문보다 훨씬 무서워서 내가 세미나나 개인지도를 할 때도 이것만은 절대로 물으려 하지 않는 질문이 있는데, 그것은 '만약 내일 죽는다면……' 이라는 앞서의 질문을 이렇게 바꿔보는 것이다.

'만약 내일 세상이 멸망한다면 여러분은 오늘 무엇을 할 것인가?'

너무나 무서운 질문이므로 여러분도 대답할 필요는 없다. 만약 독자들 중에 용기 있는 사람이 있어 꼭 대답하고 싶어 한다면, 깊이 생각해보고 솔직하게 대답해 주기 바란다.

답

## 이론적인 논리두뇌에서 해방되면 인간의 심성이 보인다

내일 죽는다고 가정하는 경우에는 아직 논리두뇌가 활동하는데,

이는 자신은 죽더라도 사후의 명예나 남겨진 가족에 대해 여러 가지 배려를 하는 것을 보면 알 수 있다. 그러나 세상이 멸망한다고 하면 사정은 약간 달라진다. 그러한 배려도 전혀 필요 없는 무책임 상태가 될 수 있으므로, 평소에는 논리두뇌에 눌려 있는 욕구들이 이때다 싶게 분출하는 것이다.

강제로라도 마음에 드는 여자를 갖고 싶다, 이런 대답이 안 나온다고도 할 수 없다. 아니, 이제 아무 여자나 상관없다, 벌 받을 일도 없으니까 무슨 짓이든 하고 싶은 대로 하겠다는 사람도 있을 수 있으며, 무서워서 술에 취해 잠속에 빠져 버리는 사람도 있을지 모른다.

논리두뇌가 만들어낸 법질서라는 제도가 붕괴되면 얼마나 끔찍한 일이 일어나는지에 대해서는 전쟁이나 폭동의 기록을 통해 잘 알려져 있다.

논리두뇌의 논리에서 해방되어야만 그 사람의 심성을 확실하게 알 수 있다. 세상이 망한다고 해서 모든 사람들이 하나같이 '무슨 일이나 허용된다면 이제 막 나간다'는 식으로 자포 자기할 리는 없으며, 그 사람의 심성에 따라 나타나는 반응도 다를 것이다.

'설사 내일 세상이 멸망한다 해도 나는 사과나무를 심겠다'

이렇게 말한 사람도 있는데, 이 사람은 세상이 망하든 말든 마지막까지 자신이 해야 할 일을 계속하고 싶다는 참으로 훌륭한 신념의 소유자이다. 바꾸어 말하자면, 언제 세상이 망해도 후회하지 않겠다는 각오로 하루하루를 열심히 살겠다는 의미일 것이다. 인생에 대한 이러한 강렬한 신념과 각오는 분명 깊은 신앙심에서 나왔을 것이다.


- 심성 수준이 높은 사람은 공포나 불안, 중압감에 강하다
- 심성 수준이 높은 사람은 자신의 삶에 신념을 가지고 있다
- 심성 수준이 높은 사람은 죽어도 좋다는 각오로 살고 있다
- 반대로 심성 수준이 낮은 사람은 공포나 불안, 중압감에 흔들리기 쉽다


그러나 종교나 신앙이 없는데도 이렇게 대답한 사람이 있다.

'마지막 하루를 아내와 함께 여러 가지 추억을 나누며 지내고 싶다'

'자식들과 함께 산속 자연에 묻히고 싶다'

이런 사람들은 술이나 마시겠다거나 섹스밖에 없다는 사람들과는 차원이 다르다.

이 질문이 무서운 것은 논리두뇌 밑에 숨어 있어 평소에는 드러나지 않는 심성을 어느 정도 알 수 있기 때문이다.

나는 지구 최후의 날에도 아내에게 꽃을 사들고 달려갈지 어떨지는 모르겠지만, 적어도 내가 암을 선고받거나 시한부 몇 달을 선고받는다면 그 날은 분명 그렇게 하겠다고 마음먹고 있다.

죽음을 선고받고서도 범죄를 저지르는 사람은 아마 없을 것이다. 서스펜스 드라마를 보면 그런 류의 범인들이 자주 등장하므로 절대 그렇지 않다고는 단언할 수 없지만, 내가 아는 범위에서는 그런 상황에서 자포자기식으로 여자를 덮쳤다는 이야기는 들어보지 못했다.

생이 얼마 남지 않았다면 물론 공포나 불안감을 느낄 것이다. 그러나 많은 사람들이 마지막에는 가족들에게 감사해하거나 아내의 손을 꼭 잡고 고생만 시켰다고 미안해하면서 조용히 죽음을 맞이한다. 건강할 때는 가족을 전혀 돌보지 않고 여러 여자와 바람까지 피워 주위로부터 좋지 않은 소리를 듣던 사람도 그런 식으로 죽음을 맞는 경우가 세상에는 많이 있다.

우리는 자신의 욕망을 실현하고 싶다거나 쾌락을 바라기보다는 뭔가 다른 것을 마음속으로 원하고 있는 것은 아닐까? 누구나 IRA의 깊은 곳에는 그런 소망이 숨어 있는 것은 아닐까? 어쨌든 마지막 순간에 떠오르는 '꼭 하고 싶은 일'이 아내의 손을 잡아 주는 지극히 싱거운 일인 경우가 많으니까 말이다.

하지만 이렇게 죽어가면서 내미는 손을 반드시 아내나 자식들이 잡아 준다는 보장도 없으며, 설사 잡아 준다고 해도 부드럽게 맞잡아 준다고 장담할 수도 없다.

# 죽음에도 운이 있으며, 거기에는 인생이 응축되어 있다

사람의 죽음에도 운이 있다.

나는 『행운의 대원칙』이라는 책에서 재수란 사람과의 만남이며 운이란 재수의 연속이라고 했다. 우리가 혼자만의 힘으로 성공한다는 일은 절대로 있을 수 없다. 다시 말해, 다른 사람과의 관계 속에서밖에 살 수 없는 인간은 꿈이든 소망이든 사람들과의 만남이 없이는 실현할 수 없는 것이다. 돈을 줍는다거나 복권에 당첨되는 것은 재수라고 할 것도 없으며, 그것을 재수가 좋다고 착각하는 사람은 오히려 재수도 운도 없는 사람일 가능성이 높다.

죽음 또한 마찬가지이다. 사람은 혼자서 죽어 간다는 것은 완전한 거짓말이다. 우리는 복잡한 인간관계 속에서 죽을 수밖에 없다. 외톨이로 고독하게 죽어 가는 사람은 있다. 하지만 그러한 죽음도 결코 타인과 전혀 관계없는 혼자만의 죽음이 아니라, 그 외톨이의 죽음 뒤에는 그때까지 그 사람이 살아온 인간관계가 엄청나게 응축되어 있는 것이다.

그렇기 때문에 돌발적인 사고로 죽었다고 해서 재수가 없다고는 할 수 없다.

또, 사랑하는 여자의 집에서 죽었다고 해서 행운이라고 할 수만은 없다.

임종하는 자리에 많은 친인척들이 모였다 해도, 유산이나 보험금을 노리는 사람들의 '빨리 죽어주었으면' 하는 바람 속에서 죽어야 한다면 이는 외톨이의 죽음보다도 훨씬 재수가 없다.

거동을 못하고 누워 있던 할아버지가 베게 밑에 저금통장과 토지권리증을 숨겨놓은 채 숨을 거두었다는 이야기를 아는 의사로부터 들은 적이 있는데, 이 얼마나 재수 없는 죽음인가? 통장을 꼭 쥐고 저세상으로 간다 해도 그 돈은 쓸 수 없다. 아마도 쓸 수 없을 거라고 생각한다. 살아 있는 동안 통장만 쥐고 있었을 뿐, 그 돈을 유용하게 쓰지 못한 것이다.

50대에 지주막하 출혈로 사망한 어느 사장님은 생전에 대단히 독선적이었는데, 그의 장례식에 가보니 직원들이 이상하게 활력에 차 있었다. 죽어 주어서 다행이라는 표정이 모두들 얼굴에 가득했다. 어차피 죽을 거라면 살아 있는 동안 직원들을 기쁘게 해 주었더라면 좋았을 텐데 죽어서야 직원들을 기쁘게 해 주는 것도 재수가 없다. 왜냐하면, 사람은 한 번 죽으면 남을 행복하게 해 줄 수는 있어도 스스로는 남을 행복하게 해 주는 행복감을 느낄 수 없기 때문이다.

또한, 교통사고로 식물인간이 된 채 부인으로부터 손은커녕 뺨을 맞는 지극히 재수 없이 죽음을 맞은 사장님도 있다. 어떻게든 남편의 정신을 차리게 하려고 부인이 눈물을 흘리며 뺨을 두드린 거라고 해석하고 싶지만, 실제로는 그렇지 않은 모양이다. 밖에 다른 여자를 두고 집에는 거의 얼굴을 보이지 않던 남편에게 오랫동안 쌓여온 한을 푼 것은 아니었을까 하는 것이 한결같은 소문이었다.


- 운이 없는 삶을 살아온 사람은 죽을 때도 운이 없다
- 남을 소중하게 생각하지 않으면 죽을 때 소중한 대접을 받을 수 없다
- 아무리 돈이나 지위를 소중히 해도 죽을 때는 거의 도움이 되지 않는다
- 돈이나 지위는 죽을 때 오히려 방해가 되는 경우가 있다


나는 내가 지도하고 있는 〈전문경영인 양성학교〉의 세미나에서 참가자들에게 이상적인 죽음에 대해 생각해 보도록 한 적이 있다. 혼자서 조용히 죽고 싶다는 사람도 있었지만, 대부분의 사람들은 처자식들이 따뜻한 시선으로 지켜보는 가운데 편안하게 눈을 감는 것을 이상적인 죽음이라고 생각했다. 손을 내밀면 아내의 손을 잡을 수 있고 그 손이 따뜻하게 맞잡아 주기를 바라고 있는 것이다.

여기서 이 장 맨 처음에 한 이야기를 떠올려 주기 바란다.

'사람은 죽음을 앞두면 자신에게 가장 소중한 것, 자신이 진정으로 바라는 것이 무엇인지 알게 된다'

우리는 솔직히 아내의 손이나 자식들의 손, 부모의 손, 친구의 손을 잡는다고 하는 지극히 싱거운 일을 마음속으로 가장 바라고 있었던 것은 아닐까?

## 인생의 성공에는 사회적 성공과 인간적 성공이 있다

대부분의 사람들은 성공이라는 말에서 돈이나 출세, 지위를 연상한다. 또 풀장이 있는 호화저택이나 벤틀리(Bentley) 자가용, 비행기의 일등석, 아멕스의 플래티넘 카드를 떠올리는 사람도 있을 것이고, 어쩌면 도심이 한눈에 내려다보이는 초고층 빌딩의 넓은 사장실에서 푹신한 가죽소파에 앉아 있는 자신의 모습이나 그 앞에서 생끗 미소를 짓고 있는 매력적인 미녀 비서를 상상할 지도 모르겠다(그런 상상을 하는 사람은 크게 성공하기는 기대할 수 없지만······).

업계의 선두주자나 세계를 섭렵하는 비즈니스, 획기적인 상품개발, 올림픽 금메달 등 사람들은 다양한 형태의 성공을 머릿속에 그리고 있다.

하지만 곰곰이 생각해 보면 그러한 성공은 한결같이 치열한 경쟁에서 이겨야만 하는 것들뿐이다. 바꾸어 말하자면 성공하기 바라는 마음의 바탕에는 다른 사람과의 경쟁에서 이겨서 우월성을 확보하고 싶다는 욕구가 깔려 있다.

일반적으로는 자기실현이란 그런 종류의 성공이라고 인식되어 있다. 그러나 이러한 우월성 확보와는 완전히 다른 종류의 자기실현도 있다. 성공, 다시 말해 우리의 행복이라는 것을 생각해 보면, 사회적 성공과 인간적 성공이라는 전혀 다른 두 종류의 성공이 있다.

사회적 성공은 우리가 보통 성공이라는 말에서 떠올리는 것들로서 경쟁원리를 바탕으로 이룰 수 있으며, 이런 사회적 성공을 거두기 위해서는 기본적으로 세 가지 힘이 필요한데, 그것은 바로 ①소망(목표) ②다른 사람과 환경을 이겨낼 수 있는 능력, 그리고 ③그것을 이겨낼 수 있는 인내력이다. 비즈니스나 스포츠 모두 이 세 가지가 갖추어지지 않으면 성공하기 어렵다.

한편 인간적 성공은 반대로 사람들과의 관계라는 원칙에 바탕을 두고 애정이나 인간성이나 정신적 성장이라는, 덮어놓고 우월성만 추구하는 사람들이 까닭 없이 싫어하는 지극히 연약한 말로 표현되는 경우가 많다.

인간은 관계성의 동물이기 때문에 성공이나 자기실현에도 다른 사람과의 관계 여하에 따라 경쟁과 친애(親愛)라는 두 가지 종류가 있다.

따라서 어느 성공에 무게를 두느냐에 따라 인간은 두 가지 타입으로 나뉜다.

다른 사람이 뭐라 하든 열심히 일에 매진하여 모두가 놀랄 만한 성과를 올리고자 하는 것은 분명 사회적 성공 타입이다.

한편, 잔업을 하기보다는 빨리 집에 돌아가 가족들과 즐거운 시간을 보내거나, 자신의 일을 대충 끝내고 나서 동료의 일을 도와주려고 하는 사람은 인간적 성공을 지향하는 경향이 강한 타입이다.

사회적 성공은 경쟁(자신을 기쁘게 해 주는 행복)의
원리에 근거하고, 인간적 성공은
친애(남을 기쁘게 해 주는 행복)의 원리에 근거한다.

조직은 대체적으로 경쟁원리에 의해 움직인다. 하지만 세상에는 인간적인 성공이야말로 가장 소중하다는 이상한 조직이 있는데, 그것이 바로 종교단체이다. 종교는 오로지 인간적 성공만을 강조하고 사랑과 감사, 용서의 소중함을 역설한다. 그들은 다른 사람과의 경쟁이 아니라 어떻게 하면 남을 사랑하고 받아들일 수 있는지에 대해 가르치고 있으며, '오른쪽 뺨을 때리면 왼쪽 뺨을 내밀라'(신약성서)고 하는 끔찍한 일까지 가르친다.

컬트교단의 경우는 더욱 극단적이다. 그들은 사회적 성공에는 절대 뜻을 두지 못하게 하고, 오로지 인간적 성공만을 추구하게 한다.

따라서 이 교단에 한번 빠져 버리면 너무나도 쉽게 전 재산을 헌납하기도 하고, 의사나 변호사 일까지 내던지고 교단에 귀의하게 된다.

여기에 사람 마음의 커다란 약점이 있는데, 우리로서는 인간적 성공이 쾌감이며 기분 좋은 것이다.

인간적 성공에서는 성취감이나 우월감보다도 훨씬 강한 기쁨을 느낄 수 있고, 그래서 죽는 순간에도 무의식중에 아내의 손을 잡고 싶어지는 것이다.


## 삼류 성공인은 우월감을 느끼고, 진정한 성공인은 행복을 맛본다


'성공이 인생의 목적이다'

이렇게 말하는 사람은 잘 기억해 두기 바란다. 사회적 성공이 반드시 행복한 것이라고는 할 수 없으며, 행복과는 절대로 동등할 수 없다.

이 세상의 성공인들 중에는 불행한 사람이 적지 않다.

이렇게 말하면 성공한 사람들에게 야단을 맞고, 심리 지도를 통해 스포츠나 비즈니스의 성공을 지원하고 있는 내 입장도 위태로워질지 모른다. 그러나 솔직히 말하지만, 우월성에 대한 욕구만으로 성공한 사람들은 분명 불행하다.

내가 아는 사람 중에 회사를 크게 일으켜 세우고 조금이라도 더 많이 벌기 위해서만 일해 온, 아니 조금이라도 더 많이 벌기 위해서만 인생을 살아온 맹렬 사장님이 있었는데, 그는 돈을 벌지 못하면 회사가 쓰러진다는 위기관리 논리로 이익을 위해서라면 무슨 짓이든 할 수 있다고 생각하던 때가 있었다. 탈세로 몇 번이나 체포되었고 위험한 일도 거리낌 없이 해온 그의 호화저택을 동네사람들은 '악덕소굴' 이라고 불렀다.

그러던 사람이 지금은 부인에게 보기 좋게 따돌림 당하고 자식들한테도 미움을 받고 있으며, 회사의 경영진에는 진정한 심복도 없고 후계자도 키우지 않았다. 요즘에는 우울증에 걸려 그렇게 애지중지 하던 회사에도 나갈 수 없게 되었고, 예전에는 추징금으로 수억씩 추징당해도 눈 하나 깜박하지 않던 그가 이제는 천 원, 이천 원 쓰는 것도 아깝다며 눈물을 흘리고 있다.

이 사람도 물론 사회적으로 성공한 사람 중 한 사람으로, 이름을 대면 모두 알 만한 회사의 사장님이다. 그러나 아무리 사회적으로 성공했다 해도 이런 사람을 진정으로 성공한 사람이라고 하기는 어렵다. 인간적 성공을 겸비하지 못하면 우월감이나 성취감은 있을지 몰라도 행복은 맛볼 수 없는 것이다.

우월성에 대한 욕구만으로 성공한 사람들은,

- 성공을 함께 기뻐해 줄 상대가 없기 때문에 외롭고 고독하다
- 우월성은 상대적인 것이기 때문에 자신이 추월당할 위험성이 늘 존재한다
- 늘 경쟁에서 이겨야 하는 사람은 스트레스에 시달린다
- 스트레스가 커지면 행복감이 사라진다
- 병으로 쓰러져도 가족이나 회사 직원들이 진정으로 걱정해 준다는 보장이 없다
- 자기 가족이 진정으로 걱정해 주지 않으면, 죽는 순간에 손을 내밀어도 아무도 그 손을 따뜻하게 맞잡아 주지 않을 수도 있다
- 저세상에서는 돈도 지위도 아무런 도움이 되지 않기 때문에, 돈이나 지위에서만 가치를 추구해온 사람은 인생의 의미를 알지 못하고 덧없이 죽어 가야만 한다

세상 사람들은 별로 느끼지 못하지만, 경쟁에서 이긴다는 것은 이러한 위험부담이 있다. 승리자라고 하면 듣기에는 좋지만, 그 사람들의 현실은 너무나도 가혹하다는 것이 성공한 사람들을 많이 보아온 나의 솔직한 생각이다.

그래서 나는 사람들에게 항상 진정한 승리자가 되라고 하지, 반드시 승리자가 되라고는 절대로 하지 않는다. 나는 넘버원이 되는 방법을 가르치지만, 그 넘버원은 목표에 지나지 않으며 목적은 아니라

고 늘 얘기해 준다.

지금까지는 사회적 성공을 꿈꾸는 소망과 인간적 성공을 가져다 주는 마음은 상반된다고 알려져 왔다. 우수한 비즈니스맨일수록 사랑이나 배려심과 같은 연약한 말을 경멸해 왔으며, 그래서 꽃을 사 들고 아내에게 달려가는 것을 낙으로 삼는 나는 어지간히 비웃음의 대상이 되어 왔다. 그러나 비즈니스 경쟁이 치열해짐에 따라 인간적 성공이 아니고서는 진정한 사회적 성공도 거둘 수 없다는 사실이 더욱 분명해졌다.

왜냐하면 우리들 마음속에는 앞서 설명한 것과 같이 결정적인 약점이 있기 때문이다.


## 성공한 사람들은 세상을 위하고 남을 위해 생각한다


성공했다고 하는 사람들을 자세히 관찰해 보면 이상한 습성이 있다는 것을 깨닫게 되는데, 그 사람들은 나이가 들면 어찌된 영문인지 갑자기 세상을 위한다거나 남을 위한다는 말을 자주 한다는 것이다. 젊었을 때는 자신의 출세나 회사 발전밖에 생각하지 않던 사람들마저 사회에 이바지하고 싶다는 이상한 말을 하곤 한다.

　내가 아는 사람들 중에도 굶주림에 시달리는 개발도상국 어린아이들을 위한 구제 사업에 참여하거나 환경보호를 위한 NPO 활동에 협력하는 사람들이 적지 않다.

　그런가 하면 일요일에는 학교나 공원 화장실을 청소하는 사장님들 모임도 있는데, 그런 일을 하면 기분도 좋아지니까 함께 해보지 않겠느냐는 권유도 받지만, 그런 화장실 청소라면 집에서도 아내를 위해 매일 하고 있으므로 나는 사양하고 있다.

　미국의 유력 기업인들이 모여 만든 봉사단체 라이온스클럽이 일본에 설립된 것은 사회공헌이라는 말도 나오기 전인 1952년의 일이다.

　본업에서도 부지런한 돈벌레였던 경영인들이 돌연 '세상에 보탬이 되는 상품', '공익사업' 운운 떠들어대며 직원들을 놀라게 하기도 하고 황당하게 하기도 한다. 기업의 사회적 책임이 요구되는 환경이 되기도 하였지만, 그뿐만이 아니다. 사람이 성공하게 되면 어찌된 일인지 세상을 위해서나 남을 위해서 생각하게 된다는 이상한 공통점이 있는 것이다.


• 사회적인 성공은 그것이 지속되면 싫증이 난다
• 자신을 기쁘게 하고 싶다는 욕구가 충족되면, 남을 기쁘게 해주는
행복감을 느끼고 싶어진다

• 남을 행복하게 해 주는 행복감이 훨씬 기분이 좋다

이런 것들은 우리 마음의 약점이 만들어내는 조화인 것이다.


## 사람들과의 유대감을 느끼지 못하면 자신감이 없어진다


얼마 전의 일인데, 미공개주식 양도사건으로 구속된 유능한 사업가가 한 사람 있었다. 젊어서 시작한 정보산업 벤처기업이 급성장하여 회사 주식을 공개하게 되었는데, 그 직전에 회사 주식을 정치인들에게 나누어 준 것이 실패의 원인이었다.

어지간히 매스컴의 비난을 받았지만, 그에게는 무언가의 대가를 바라려는 속셈은 아마 없었으리라고 나는 생각한다. 그런 속셈이 나쁜 짓이라는 것을 알았다면 우수한 두뇌의 소유자인 그는 당연히 좀 더 교묘한 방법을 택했을 테지만, 그러지 않고 그는 주식을 나누어 주어 상대방을 기쁘게 해 주려고 했는데 그것이 이 사업가의 실수였다고 나는 본다.

사람은 성공하게 되면 이상하게도 남을 생각하게 된다는 법칙을 떠올리기 바란다. 그러나 경쟁을 좋아하는 사람은 일반적으로 사교적인 자기표현에 서툴고, 그런 약점이 그 사람에게 걸림돌로 작용하기 쉽다.

이 사업가의 경우도 틀림없이 주식을 나누어 줌으로써 남을 기쁘게 해 주려고 했거나 남을 기쁘게 해 주는 행복감을 맛보려는 의도였을 것이다. 남을 기쁘게 해 주는 것은 기본적으로 나쁜 행위가 아니기 때문에 그 사람은 아무런 경계심도 느끼지 않았을 것이라는 것이 내 해석이다.

계속되는 경쟁에서 살아남은 성공인일수록 느끼는 불안감은 커지며, 이는 아무리 의지가 강한 사람도 예외가 없다. 높은 망루에 오를 때도 처음에는 전망이 좋고 시원하다며 기뻐할지 모르지만, 점점 더 높이 올라갈수록 너무 높이 올라와 있는 자신이 불안해져 공포심을 느끼게 되며, 그런 불안감 때문에 더 높이 올라가지 못하게 되는 것이다.

따라서 그런 불안감을 느끼지 못하는 사람은 크게 성공하기 어렵고 그만그만한 성공밖에 거두지 못하며, 설사 크게 성공하더라도 잠재의식이 그런 성공을 원치 않는 듯 보기 좋게 실패하는 사람이 적지 않다.

인간은 높이 올라갈수록
점점 불안해진다.

이것이 바로 마음의 약점인데, 나는 그 정체를 고소공포증이 아니라 분리불안(分離不安)이라고 부른다.

분리불안이란 심리학 용어로, 영·유아가 유일하게 안심할 수 있는 어머니라는 세계로부터 멀리 떨어졌을 때 몰려드는 심한 불안감을 말하며, 어른이 되어서도 마음을 놓을 수 있는 사람들과의 연결고리를 잃게 되면 분리불안에 빠져 엄청난 마이너스적 감정이 IRA에 생기게 된다. 그렇게 되면 자신에 대한 믿음이 없어지고 삶이나 열심히 일하는 것에 대한 의미를 이해하지 못하게 된다. 죽음을 앞두었을 때 느끼는 불안감이나 공포심도 지금까지 살아온 이 세상을 떠나는 것에 대해 우리가 느끼는 분리불안이라고 할 수 있다.

성공한 사람들은 어째서 분리불안을 느끼기 쉬운가 하면,

- 자신을 기쁘게 해 주는 행복만을 위한 노력은 남과의 연결고리를 상실하게 만든다
- 그래서 노력을 하면 할수록 '이래도 괜찮을까?' 하는 의문이 생긴다

이런 문제가 있기 때문에, 진정으로 성공한 사람들은 다른 사람과 환경을 물리치려고 노력하는 한편, 세상을 위한다거나 남을 위한다는 목적(이념)을 가지며 분리불안에 빠지지 않도록 본능적으로 마음의 균형을 잡아 나간다.

왜냐하면, 자신을 위해 노력하기보다 남을 위해 노력하는 편이 남과의 연결고리를 더 강하게 느낄 수 있고 분리불안이 생기지 않기 때문이다.

남을 기쁘게 해 주는 행복을 위한 노력은
노력하면 할수록 자신감이 솟구치며,
보다 큰 용기와 자신감을 가질 수 있다.

이런 점을 본능적으로 알고 있기 때문에, 성공한 사람들은 세상을 위한다거나 남을 위한다는 쑥스러운 표현도 거침없이 하게 된다. 마음의 약점인 분리불안은 그 불안감이 사라지면 이내 플러스적 에너지로 바뀌는데, 그 증거로 아내의 손을 잡음으로써 연결고리를 확신하게 되면 죽음이라는 최대의 공포·불안감마저 편안하게 극복하고 웃으면서 죽음을 맞이할 수 있다. 그런 기적을 가능하게 해 주는 믿기지 않는 플러스적 감정이 IRA(본능반사영역)에 생기는 것이다.

## 진지하게 죽음을 연상해 보면 플러스적 사고를 할 수 있다

이제 이런 식으로 생각해보자.

인간에게 죽음은 분명 최악의 사태이다. 자신이 더 이상 존재하지 않게 되고 게다가 육신도 불태워져서 뼈만 남는다고 하니, 그런 죽음에 비하면 회사가 망하는 것이나 구조조정 정도는 그리 대단한 것이 아니라고 할 수 있다. 그런 최악의 사태인 죽음도 따뜻한 아내의 손만 잡을 수 있다면 플러스적 감정으로 극복할 수 있다고 한다.

그렇다면 도산이나 구조조정, 또는 자신이 성공하기 위해 넘어야 할 수많은 어려움도 아내나 자식, 또는 연인이나 친구, 부모님, 아니면 사장님이나 직장상사, 부하직원, 준 양 등 누군가가 따뜻하게 손을 잡아 주기만 하면 좀 더 편안하게 극복해 나갈 수 있지 않을까?

믿기지 않겠지만 실제로 그렇다. 왜냐하면 남과의 유대감을 느끼게 되면 사람은 플러스적 감정이 생겨서 안심하고 눈앞의 과제에 100% 실력을 발휘하게 되기 때문이다. 지금까지 꼭 붙어만 있던 어머니의 곁을 떠나 멀리 유학을 떠나는 용기와 도전정신을 가질 수 있는 아이는 어머니와의 연결고리를 확신하는 어린이이다.

가혹한 경쟁을 치러야 하는 프로 운동선수들은 그런 점을 잘 이해하고 있다. 그래서 그 선수들은 일이 있을 때마다 '부모님 때문에 열심히 한다'거나 '나의 가족을 위해 싸운다'는 쑥스러운 말을 하곤 한다.

예를 들면, 복싱과 같은 격투기의 경우 링사이드에 자기 가족들이 앉아 시합을 관전하게 하는 선수가 적지 않은데, 어떻게 저런 심한 주먹싸움을 가족들에게 보이느냐며 놀라는 사람들도 있지만, 그 선수가 가족들을 경기장으로 오게 하는 것은 그 시합을 보여 주고 싶어서가 아니다. 자기가 맞아죽을지도 모르는 시합에 임하는 복서는 엄습해 오는 공포심과 불안감을 극복하고 플러스적 감정이 솟구치게 하기 위해 본능적으로 가족들과의 유대감을 갖고 싶어 하는 것이다.

진지하게 죽음을 연상해 보면, 다음과 같은 일들이 생긴다.


• 우리에게 가장 소중한 것은 사람들과의 관계라는 사실을 깨닫게 된다
• 사람들과의 관계를 확신하게 되면 IRA에 플러스적 감정이 생겨 불안감과 공포심을 극복할 수 있다
• 그러한 플러스적 감정은 플러스적 이미지와 플러스적 사고를 유도하여 어떠한 어려움도 극복할 수 있는 용기와 신념을 가져다준다

# 인생이라는 링 위에서 당신은 무엇을 위해 싸우는가?

가능하면 많은 사람들을 만나고 싶은 나는 〈숏스쿨〉이라는 단기 세미나를 개강하고 있는데, 이 숏스쿨에 오하시 히데유키(大橋秀行)라는 사람이 참가한 적이 있다. 스포츠에 관심 있는 사람이라면 아마 잘 알 거라고 생각하는데, 그는 일본 복싱계에 이름을 떨친 전 스트로급 세계 챔피언이다. 1994년에 은퇴하여 지금은 오하시 복싱체육관 회장으로서 후진을 지도하고 있는데, 그와 이야기를 나누다보니 의기가 투합하여 지금은 체육관 선수들에 대한 정신력 강화훈련을 맡을 정도로 친밀한 관계를 유지하고 있다.

오하시 회장은 어린 시절부터 세계 챔피언이라는 명확한 목표를 가지고 체중을 줄이기 위해 초등학생 때부터 은퇴할 때까지 하루 한 끼만으로 버텨온 의지의 인간이다. 150년에 한 사람 나올까 말까 한 천재 복서라는 칭송을 받았지만, 그에게는 프로 데뷔 7번째 시합 만에 세계 왕좌에 도전하여 쓰라린 패배를 맛본 경험이 있다. 한국에서 열린 그 시합 경기장에는 수천 명의 열광적인 팬들이 몰려들었는데, 물론 모두가 대전 상대인 한국 선수를 일방적으로 응원하는 사람들이었다. 그는 그때 처음으로 '두려워, 내가 맞아죽을 것 같아'라는 생각이 들었다고 한다.

　이 또한 일종의 분리불안으로, 그는 그 후에도 링에 오를 때면 공포심에 많이 시달렸던 것 같다. 그런데 이런 공포심을 오하시 회장이 어떻게 극복했는가가 재미있다. 그는 전쟁에 관한 책을 섭렵하다 보니, 복싱이란 어차피 글러브를 끼고 체중이 같은 사람끼리 서로 치고받는 것일 뿐이라는 생각을 할 수 있게 되었다고 한다.

　전쟁에 나가 죽는다는 끔찍한 사태를 상상했기 때문에 그는 시계추의 원칙에 의해 복싱의 두려움에서 벗어날 수 있었고, 그 후로는 어떤 시합에서든 투지 있게 싸울 수 있었다고 한다. IRA가 완전히 플러스적 감정으로 바뀌어 상쾌해진 것이다.

　여기에 바로 오하시 회장의 '마법의 지팡이'가 있었다.


- 죽기를 각오하면 진정한 용기가 솟구친다
- 죽기를 각오하면 자신의 삶에 신념을 가질 수 있다


　복싱과는 다른 의미에서 삶 또한 두렵다. 도산이나 구조조정, 빚, 또는 실연이나 질병에 시달려 자살하는 사람도 있다는 것을 생각하면, 어쩌면 삶이라는 것은 죽음보다 더 두려운 과제인지도 모른다.

　바로 그렇기 때문에 우리에게는 인생의 목적이라는 '마법의 지팡이'가 필요한 것이다.

　인생의 텐 카운트를 들을 때까지, 즉 인생이 끝날 때까지는 누구든지 링 위에서 싸워야 한다. 언젠가는 분명 죽게 될 인생이라는 링 위에서 자신은 도대체 무엇을 위해 싸우는지, 누구를 위해 싸우는지 생각해 보자. 또 얼마나 소중한 것을 마음속에 간직해야 보다 더 잘 싸울 수 있을지 상상해 보자.

진취적인 의욕이
끓어오르는 마법의 지팡이

# 인생의 스승을 찾아라

제 3 장

## 인생의 스승은 여러분에게 행운을 가져다준다

만약 지금 여러분에게 인생의 목적이 없다면 아마 10년 후나 20년 후에도 여전히 인생의 목적이 없을 것이며, 현재 하고 싶은 일을 찾지 못하는 20대는 40대나 50대가 되어도 현재나 마찬가지로 여전히 하고 싶은 일을 찾지 못한 채 살아갈 것이다. 여러분이 기대하듯이 하고 싶은 일이 어느 날 갑자기 생기는 경우는 우리 인생에서는 거의 있을 수 없다.

왜냐하면, 우리의 두뇌는 IRA(본능반사영역)에 축적된 과거의 기억 데이터를 바탕으로 사물을 판단하도록 되어 있으며, 그것이 어느 날 갑자기 달라지지는 않는다. 마쓰시타 고노스케(松下幸之助)의 두뇌는 개량 소켓에 대한 아이디어가 떠올랐던 20대 때부터 마쓰시타 고노스케의 두뇌였으며, 복싱의 오하시 회장의 두뇌 또한 복서가 되기 위해 하루 한 끼로 버텨내던 초등학생 시절부터 오하시 회장의 두뇌였다.

바꾸어 말하자면, 20대에 어느 정도 성공하지 못한 사람이 40대나 50대가 되어 갑자기 성공하는 기적은 있을 수 없다고 생각해 두는 것이 좋다.

그렇다고 해서 전혀 실망할 필요는 없다. 모든 사물에는 대체로 예외라는 것이 있으므로, 여러분도 그 예외가 되면 되는 것이다.

'20대에 성공 경험이 없는 사람이 40대나 50대가 되어 갑자기 성공할 리는 없다'

이 법칙의 예외가 될 수 있는 것이 바로 운이 좋은 사람이다. 운이 좋은 사람에게만은 나이에 관계없이 자신의 인생을 크게 바꿀 수 있는 기회가 찾아온다.

거듭 말해 두겠다.

'운이란 사람과의 만남이다'

만약 여러분이 앞으로 성공하고 싶다면, 또는 인생의 목적을 찾아내 더욱 보람찬 인생을 살고자 한다면, 반드시 그것을 가능하게 해줄 누군가를 만나야 하는데 그 누군가를 나는 '인생의 스승'이라고 부른다.

인생의 목적을 찾기 위한 나의 두 번째 제안은 이것이다.

막연히 하고 싶은 일을 찾기보다는
인생의 스승을 찾아 여행을 떠나는 것이 더 낫다.

인생의 스승을 만나는 편이 '인생의 목적이란 무엇인가?', '삶의 보람이란 무엇인가?' 하는 어리석은 문제로 고민하는 것보다는 확실하고도 쉽게 인생의 목적을 찾을 수 있다.

## 인생에는 몇 번의 전환점이 있다

옛날 사람들은 인생 50년이라고 했다.

'인생 50년, 돌고 도는 이 세상에 비하면 덧없는 꿈과 같구나. 이 세상에 태어나 죽지 않을 자 그 누구겠는가?'

약관 스물여섯 살의 오다 노부나가(織田信長)가 일본의 전통극 노가쿠(能樂)에 나오는 요곡 '아쓰모리(敦盛)'의 이 한 구절을 부르고 나서 오케하자마(桶狹間) 전투에 출진했다는 이야기는 유명하다. 어차피 50년밖에 되지 않는 덧없는 인생이라면, 성공할지 실패할지는 알 수 없으나 자기가 하고 싶은 일을 실컷 해 보자.

노부나가는 죽음을 연상함으로써 자신의 용기를 북돋워, 얼마 되지 않는 수하의 군대로 이마가와 요시모토(今川義元)의 군대를 격파하고 그 이름을 천하에 떨치게 되었다.

요즈음에는 일본인들의 수명도 많이 연장되어 인생 80년 시대가 되었다. 오래 살게 되었다는 것은 기쁜 일이지만, 그 만큼 죽음이라는 시간적 한계를 의식하기가 어려워졌다. 아직 시간이 많이 남아 있다고 안심하다가 어느새 인생의 소중한 시기를 다 놓쳐 버리고, 쉰살이나 예순살이 되어 자신의 인생을 돌이켜 보고는 '이게 아닌데' 후회하는 사람들이 의외로 많다.

그러한 실수를 하지 않기 위해서는 인생을 10년 단위로 나누어 생각해보는 것이 좋다.

인생의 시간적 한계는 사실 죽음만이 아니다. 80년 인생을 살다 보면 몇 번의 전환점이 있으며, 그 전환점은 대체로 10년 주기로 찾아온다. 각 시기에 해야 할 일을 완벽하게 해 두지 않으면, 그 전환점을 제대로 넘기지 못하고 다음 시기에 가서 후회하게 된다.

### ▶ 준비기(0~10세)　키워드 '감정두뇌'

이때는 인간 형성을 위한 준비기로서 논리두뇌가 아직 발달하지 못했기 때문에 여러 가지 자극이 감정적인 정보로서 곧바로, 또한 강렬하게 IRA(본능반사영역)에 새겨진다.

따라서 이 시기의 어린이는 사랑을 듬뿍 쏟아 키우는 것이 중요하다. 사랑을 많이 받을수록 자기가 주위 사람들의 관심을 끌고 있다, 다른 사람들로부터 인정을 받고 있다는 안도감이 IRA에 생기게 된다. 이 무의식적인 안도감이 장차 자신을 긍정적으로 평가하게 되고 진취적으로 자신의 길을 개척해 나가는 적극적인 삶의 핵이 되는 것이다.

반대로 심각한 분리불안을 경험하거나 불쾌한 체험에 대한 기억이 누적된 경우에는, 자기 자신에 대해서나 주위 세계에 대해서도

IRA가 부정적으로 작용하기 쉽다. 따라서 긍정적인 인생관이나 세계관을 갖기 어려워지고, 심한 경우에는 파괴적이나 파멸적 인생을 살게 된다.

세상에는 증오의 에너지나 복수해 주고 싶다는 원한의 에너지, 또는 콤플렉스의 에너지를 통해 성공하는 사람들도 있는데, 부정적인 에너지도 올바른 방향으로만 발휘된다면 사회적 성공을 이룰 수 있다. 하지만 그렇게 성공하기 위해 노력하는 경우 당연히 스트레스가 쌓여 힘들어지고 주위의 도움도 받을 수 없기 때문에 크게 성공하지는 못한다.

이 시기에 100% 긍정적인 두뇌를 가진 사람이 소위 말하는 천재이며, 그렇지 못한 사람은 IRA가 크게 달라지지 않는 한 큰 성공을 거두기는 어렵다.

IRA를 바꿀 수 있는 기회 중 하나가 이성과의 만남이다. 아무리 부정적인 IRA라 하더라도 이성의 사랑을 받고 인정을 받음으로써 근본적으로 달라질 가능성이 있다. 정확히 말하자면, IRA를 긍정적으로 만들고 싶기 때문에 사람들은 이성을 원한다고 할 수 있다. 그래서 나는 젊은 사람들에게 꼭 멋진 여자를 찾으라고 말해 주고 있다. 멋진 여자란 얼굴이 예쁘거나 몸매가 좋은 사람을 뜻하는 것이 아니라, 남자들에게 긍정적인 존재가치를 부여해 줄 수 있는 멋진 여자를 말한다. 다시 말해, 멋진 여자 또한 인생의 스승이 될 수 있다.

논리두뇌가 발달하게 되므로, 그 힘을 단련해야 할 시기이다.

열 살 전후에는 아직 실패의 경험이 많지 않다. 그래서 어린아이들은 모두 천재적인 꿈을 가질 수가 있다. 하지만 실패를 거듭하다 보면 그 기억이 IRA(본능반사영역)에 누적되고 점점 목표나 도전에 대한 불쾌한 감정이 쌓이게 되어, 발달한 논리두뇌가 '어차피 무리야', '불가능해', '좀 더 편하게 살면 좋잖아' 하는 식으로 자신을 유혹하게 되는 것이다.

보통 사람들이 어른이 될수록 큰 꿈을 가지지 못하게 되는 것은, 이렇게 IRA에 누적된 기억 데이터 때문이다.

그러나 아무리 실패하더라도 그것을 성공을 위한 과정으로 받아들이고 꿈이나 목표를 계속 유지해 나가는 경우가 있는데, 준비기 때 100% 긍정적인 두뇌를 갖춘 천재들이 바로 그런 식으로 꿈을 실현해 나간다. 또한 천재가 아닌 사람들 중에도 큰 꿈을 계속 유지하면서 그 꿈을 향해 돌진해 나가는 사람을 가끔 볼 수 있는데, 그런 사람들은 명확한 목표를 제시해 주고 의욕이나 도전정신을 북돋워 주는 인생의 스승을 만난 사람들이다.

사회적으로 성공한 사람들은 거의 모두 이 도입기나 그 다음 시기인 성장기 때 인생의 스승을 만난다. 이치로 선수나 마쓰이 히데키 선수처럼 아버지가 스승이 되는 경우도 많으며, 학교 선생님이나 감독, 코치, 또는 성공한 사람들의 전기나 위인전, 스포츠계나 연예계의 스타들 중에서 스승을 찾는 사람도 적지 않다.

**▶ 성장기(20~30세)  키워드 '무작정'**

이때는 지식의 흡수라는 면에서나 사회 경험 축적이라는 면에서 각자의 이상(理想)을 내걸고 전력투구해야 할 시기이다.

사회적으로 성공한 사람들은 반드시 인생 가운데 언젠가는 죽기 살기로 노력한 시기가 있는데, 보통 20~30세 때 가장 수월하게 그런 노력을 할 수 있다. 이는 비록 실패하더라도 아직 용서받을 수 있는 젊음과 체력이 있기 때문이다. 이 시기에 아무 생각 하지 말고 무작정 노력해 보지 않은 사람들은 다가오는 성숙기가 그다지 재미있지는 않을 것이다.

죽기 살기로 노력한다는 것은 자신의 한계에 도전하는 일이기 때문에 당연히 힘든 일이다. 열심히 노력하는 사람 앞에는 항상 넘기 어려운 높은 벽이 가로막고 있으며, 열심히 노력하지 않는 사람 앞에는 쉽게 넘을 수 있는 낮은 벽만 놓여 있지만, 낮은 벽은 수없이 많기 때문에 항상 그 벽에 가로막혀 있어야 한다.

스포츠 세계에서는 일시적인 슬럼프를 플라토 현상이라고 하는데,

이 슬럼프 때 목표를 포기하는 선수는 아무리 훌륭한 재능을 가지고 있다 하더라도 일류 선수로 발돋움하지 못한다. 인생에도 이와 같은 플라토 현상이 반드시 찾아오는데, 벽이기도 하고 고비이기도 하며 시련이기도 한 이 플라토 현상을 열심히 노력하여 극복함으로써 크게 성장하는 사람도 있는가 하면, 그대로 주저앉아 일생을 망쳐버리는 사람도 있다.

이와 같은 인생의 고비에 무엇보다도 인생의 스승이 필요하다. 이 전환점을 잘 넘기지 못하면 절대로 성공할 수 없기 때문이다. 성공한 사람들에게는 이럴 때 지침을 제시해 주고 지원해 주는 인생의 스승이 반드시 있었다.

### ▶ 성숙기 전기(30~40세) 키워드 '자신감'

이 시기의 사람들은 직장에서는 서서히 중견으로 발돋움하게 되며, 사생활에서도 대부분이 결혼을 해서 가정을 이루고 아이들도 태어날 것이다. 지금까지는 대충 놀면서 지내온 사람들도 이제는 생활 태도가 진지해지지 않을 수 없다. 바야흐로 본격적인 경쟁시대가 도래하며, 이 시기에 인생 최대의 전환점이 찾아온다.

앞서의 성장기 때 무작정 노력한 사람과 되는대로 대충 대충 지낸 사람과의 차이가 이때 확실하게 드러난다. 열심히 노력한 사람은 능력에 관계없이 IRA(본능반사영역)가 묘한 자신감을 갖게 된다. 은퇴한 운동선수가 다른 분야에서도 멋진 활약을 보여주는 경우가 많은 것도 10대나 20대 때 필사적으로 일에 몰두한 그 자신감이 그것을 말해 주고 있다. 마찬가지로 구조조정을 당해도 젊어서 열심히 노력한 사람들은 능력이 있으면서도 노력하지 않는 사람들보다 훨씬 성공률이 높다.

스스로 열심히 노력할 수 있다는 자신감이 있느냐 없느냐, 이것이 대단히 중요한 의미를 가진다. 왜냐하면, 그런 자신감이 있는 사람은 틀림없이 운이 좋기 때문이다.

그도 그럴 것이, 경쟁사회에서는 능력이 똑같다면 열심히 노력할 줄 아는 사람에게 사람도 일도 돈도 따르게 되어 있으며, 직장에서도 열심히 노력할 줄 아는 사람과 그렇지 못한 사람 중 누구에게 일을 맡기느냐 하면 그것은 분명 전자일 것이다.

여기서 중요한 것은, 사회에서 생각하는 것과는 달리 자신감과 능력은 별 관계가 없다는 사실이다. 아니, 내 생각으로는 전혀 관계가 없다. 훌륭한 능력은 있어도 자신감이 결여되어 있는 사람이 얼마든지 있으며, 능력은 없어도 이상하게 자신감에 넘치는 사람이 있다. 그리고 자신감이 있는 사람은 도전정신이 풍부하기 때문에 이 시기에 다양한 경험을 쌓아 능력을 더욱 더 키워 나간다.

물론 여기에도 고민이나 갈등은 존재한다. 바로 그렇기 때문에 다음 시기에 리더가 되었을 때 크게 보탬이 되는 경험을 IRA에 축적할 수 있는 것이다.

  키워드 '경험'

인생의 성장곡선이 피크를 맞는 이 시기는 남자들이 한창 일할 때라고 한다. 조직 내에서도 중요한 자리에 앉게 되며, 각 시기에 해야 할 일들을 제대로 해 온 사람들은 마흔 살 이후에 안정되게 성장해 나간다.

리더로서의 날카로운 통찰력과 정확한 판단력, 목적·목표를 정확하게 제시할 줄 아는 지도력이 요구되는 이 시기에는 경험이 많은 사람이 활약할 수 있다. 20대 때 무작정 노력하지 않고 30대 때 자신감을 갖지 못한 사람은 경험을 살리려 해도 그렇게 할 수 없다. 왜냐하면, 이 시기는 논리두뇌의 지식이 아니라 IRA의 감정적 능력이 모든 것을 말해 주기 때문이다.

통찰력이나 판단력, 지도력은 젊었을 때의 과감한 실행력과는 다른 능력으로, 언뜻 보면 논리두뇌의 작용처럼 보이지만 사실은 그 바탕에 플러스적 감정이나 플러스적 이미지가 필요하다.

예를 들면, 목표나 작업량을 제시하고 부하직원을 질타격려하기만 해서는 훌륭한 리더라고 할 수 없다. 부하직원을 감동시키고 마음을 설레게 할 만한 비전을 제시하지 못하면 전투능력이 있는 집단을 만들 수 없다. 논리두뇌에만 의존하여 감성적 능력을 충분히 기르지 못한 관리직은 이 시기에 반드시 넘지 못할 벽에 부딪치게 된다.

그런 관리직이 벽을 뛰어넘기 위한 방법은『부하직원 육성법』이나『당신도 유능한 리더가 될 수 있다』와 같은 책을 읽는 것이 절대 아니다. 벽이라는 것은 논리로는 뛰어넘을 수 없기 때문에 벽인 것이다.

약삭빠른 테크닉을 익히기보다는 지금까지의 인생에서 하지 못했던 일을 겸허하게 다시 시작하는 것이 최선의 해결책이다. 즉, 다시 한번 덮어놓고 노력해 보는 것, 경험을 쌓는 것이다. 직원들의 선두에 서서 체면 따지지 말고 무작정 열심히 일해보기 바란다. 그렇게 하면 논리두뇌보다는 감정두뇌가 활성화되어 IRA에 감성적 능력이 생긴다.

### ▶ 성숙기 후기(50~60세)　키워드 '품성'

이 시기가 되면 서서히 인간적인 안정감이 생긴다. 실제로 체력이나 시력도 점점 떨어지고 기억력이나 학습능력도 쇠퇴일로에 있으므로, 논리두뇌로 경쟁해 보려고 해도 젊은 사람들에게는 더 이상 상대가 되지 않는다. 또 사회적으로도 과감하게 돌진해 나가는 힘보

다는 인간으로서의 품성이 높이 평가되기 때문에 안정감이 갖추어
지지 않으면 곤란하다.

품성이란 도덕적인 면에서 본 그 사람의 심성 및 성격을 말하며,
인간적 성공에 관련된 능력이다. 그러한 품성을 갖추어야 하는 시기
가 바로 이때이며, 나이 들어서 그런 품성을 갖추지 못하면 남들로부
터 존경을 받지 못하고 경멸당하며 미움을 받기도 한다. 즉, 재수 없
는 중·장년이 되어 운 좋은 사람들 대열에 끼지 못하게 된다.

중년 위기라고 하듯이, 이 시기에는 정신적으로 위기를 맞게 된
다. 부모님이 돌아가시거나 큰 병에 걸리는 사람도 있을 것이다. 아
이들이 성장하여 둥지를 떠나가므로 부모로서의 자신의 역할도 서
서히 끝나가고 있다. 또한 이 무렵은 인생의 황혼과 죽음을 자각하
게 되는 시기이기도 하다. 우월성에 대한 강한 욕구를 동기부여로
하여 살아온 사람들도 이 무렵부터는 서서히 가치관이 바뀌고 생활
방식이나 사고방식이 달라져, 세상을 위한다거나 남을 위한다는 등,
지금까지는 입에도 담지 않았던 말들을 넉살좋게 떠들어대게 된다.

이러한 가치관의 전환점을 잘 넘기지 못하면, 외롭고 고독해져 준
양과 같은 아가씨들로부터 동정을 받게 된다.

60세가 넘으면 인생의 정리기에 들어간다. 노화나 질병, 죽음이 절실한 문제로 대두될 수밖에 없다. 이 시기는 나이에 어울리는 나름대로의 가치관이나 인생관, 나아가 세계관을 확립하여 이제는 자신들이 젊은 세대의 스승이 되어야 하는 시기로서, 이를 게을리 하면 늙어 가거나 죽는 것이 대단히 괴로워진다.

그러나 이 시기에 훌륭한 가치관이나 인생관, 세계관을 확립하기 위해서는 정신적, 경제적인 여유가 필요한데, 이때까지 어느 정도 사회적으로 성공해 두지 않으면 그런 여유를 가질 수 없는 것이 엄연한 현실이다. 지금까지 돈을 우습게 알거나 사회적 성공을 경멸해 온 사람들은 이 시기가 되면 도리어 물질적인 면에서 고생을 하게 된다. 인생의 성공에는 역시 사회적 성공과 인간적 성공 모두가 필요한 것이다.

## 일생에 한번은 무작정 노력해 보는 시기가 필요하다

이와 같이 10년 주기로 사람의 일생을 나누어 생각해 보면, 현재 자신이 무슨 일을 하면 되는지 당면과제가 상당히 명확해진다. 실제로 사회적인 입장이나 책임, 인간관계, 발휘할 수 있는 능력들도 나이에 따라 크게 달라지기 때문에 일관된 인생의 목적이나 삶의 보람을 찾기란 대단히 어려우며, 그보다는 10년 주기로 나누어 일단 이 10년 동안 무엇을 해야 할 것인지 생각하는 편이 훨씬 의미가 있다.

인생의 목적을 찾지 못하거나 인생을 사는 보람이 없다고 고민하는 사람들은 분명 지금 당장 해야 할 일을 하지 않고 있는 사람이다. 인생의 목적이나 삶의 보람, 하고 싶은 일 등은 처음부터 찾을 수 있는 것이 아니며, 지금 당장 해야 할 일을 무작정 열심히 노력하다 보면 저절로 알게 되는 것이다.

인생의 목적이 있기 때문에 열심히 노력할 수 있는 것이 아니라, 열심히 노력했기 때문에 인생의 목적이나 삶의 보람을 찾게 되는 것이다.

이는 나만의 의견이 아니다. 옛날 사람들은 그런 것을 '대사일번(大死一番), 대활현성(大活現成)'이라는 말로 표현하였다. 대사일번이란, 육체가 죽는다는 뜻이 아니라 철저하게 자신을 버려 본다는 것으로, 싫다거나 힘들다는 생각, 또는 '이런 일 해 봐야 소용없잖아', '내가 하고 싶은 일은 이런 게 아냐' 하는 식의 자기 논리를 버리고 당장 해야 할 일에 필사적으로 매달려 무작정 노력해 보라는 의미이다.

그렇게 하면 오히려 자신감이 되살아난다. 이것이 바로 대활현성의 뜻으로, 자신을 크게 살릴 수 있는 길을 저절로 알게 된다는 의미이다.

이는 선(禪)의 세계에서 나오는 말인데, 선이란 원래 정신력 강화 훈련의 일종이다. 그렇기 때문에 운동이나 일에 대한 바람직한 마음가짐과 일맥상통하는 내용들을 많이 포함하고 있으며, 같은 의미로 '죽음의 경지에 뛰어들면 오히려 자유무애의 활약을 할 수 있다' 는 말도 있다.

지금 당장 해야 할 일에도 노력하지 못하는 사람은 앞으로도 계속 자신을 살릴 수 있는 길을 찾지 못할 것이며, 그런 사람들은 10년 후에나 20년 후에도 이것도 아니고 저것도 아니라는 식의 부정적인 논리에서 빠져나오지 못한 채 불만투성이의 인생을 보낼 것이다.

인생을 살아가다가 방향을 잃게 되면
그 이유를 생각하기보다는
일단 무작정 열심히 노력해 보아야 한다.

인간의 두뇌에는 불가사의한 성질이 있어서, 무작정 열심히 노력하면 지금까지 부정적이었던 두뇌도 긍정적으로 바뀌게 된다.


## 무작정 노력하다보면 부정적인 두뇌가 긍정적으로 바뀐다


인간은 원래 일이나 연습하는 것을 싫어한다. 그러니까 일하기 싫어하는 샐러리맨이나 연습하기 싫은 운동선수들도 모쪼록 안심하기 바란다. 대부분의 사람들은 위기관리를 위한 논리두뇌가 일을 하지 않으면 안 된다, 노력하지 않으면 안 된다고 하니까 마지못해 일을 하고 있으며, 어쩔 수 없이 연습을 할 수밖에 없다. 정상적인 두뇌를 가진 사람이라면 당연히 그렇게 하게 되어 있다.

아니, 사람뿐만이 아니다. 동물들도 똑같아서, 자발적으로 재주를 연마하려는 노력가 원숭이나 곰을 본 적이 없다. 그저 채찍이 무서워서, 또는 잘하는 대가로 주는 먹이가 탐이 나서 그들도 어쩔 수 없이 물구나무서기 연습을 할 수밖에 없는 것이다.

그러면 어째서 정상적인 두뇌는 일이나 연습하는 것을 싫어할까? 그런 것을 하게 되면 반드시 스트레스가 수반되기 때문이다. IRA(본능반사영역)는 불쾌한 스트레스보다는 기분 좋은 편안함을 좋아하는 것이다.

그런데 일이나 연습을 좋아하는 특별한 인종이 있는데, 이름에 걸맞게 성공한 사람들은 일이나 연습할 때 생기는 스트레스를 전혀 힘들어하지 않는 희한한 두뇌를 가지고 있는 것이다. 상상을 초월하는 고통을 감내하면서 위험한 설산에 도전하는 등산가나 북극의 설원이나 아프리카 사막을 횡단하는 모험가들의 두뇌 또한 확실히 비정상이다.

무작정 노력하게 되면 불가사의하게도, 원래 인간에게 불쾌해야 할 스트레스가 쾌감으로 바뀌게 된다.

스트레스는 생물체에게는 위험한 존재이다. 쥐에게 계속 스트레스를 주게 되면, 호르몬을 분비하는 부신이 비대해지고 면역기능을 유지하고 있는 흉선과 림프절이 위축되어 위에 궤양과 출혈이 생기게 된다.

인간의 경우도 똑같은 현상이 일어나기 때문에, 혈압이나 혈당치가 상승하고 면역력도 떨어지며 위궤양 때문에 의사의 치료를 받아야 한다.

하지만 무작정 노력하여 더욱 스트레스가 쌓이게 되면, 그 위험한 스트레스 상태를 치유하기 위해 사람의 몸은 베타($\beta$) 엔도르핀이나 도파민과 같은 쾌감물질을 왕성하게 분비하게 되며, 그러한 자연적 물질이 신체적·정신적 고통을 완화해 주기도 하고 두뇌에 강력한 쾌감을 가져다주며 각성작용을 하기도 한다.

이러한 호르몬이나 신경전달물질이 작용하여 스트레스가 쾌감으로 바뀌는 현상은 마라톤 선수가 고통의 정점에서 체험하는 러너스 하이(runner's high:달리는 도중에 경험하는 황홀감이나 도취감)로 잘 알려져 있다.

인간이 무작정 노력했을 때도 그런 물질이 체내에 넘치게 되어 스트레스로 인한 불쾌감을 쾌감으로 바꾸어 주려고 한다. 따라서 위험한 등산이나 모험도 즐거워지고 일이나 연습을 할 때도 기쁨을 느낄 수 있어 더욱 열심히 노력할 수 있게 된다.

바로 그것이 집중이라고 하는 정신 상태이다.

사실 스트레스에는 수동적 스트레스와 능동적 스트레스가 있는데, 마지못해 수동적으로 체험하는 스트레스는 그로 인한 폐해가 크다. 하지만 적극적으로 체험하는 스트레스, 즉 자기관리를 할 수 있는 자발적 스트레스는 더 이상 위험한 존재가 아니며 집중력도 높아진다는 사실이 동물 실험을 통해서도 확인되고 있다.

바로 그렇기 때문에 중압감에 떠밀려 억지로 노력할 게 아니라 자발적으로 노력하는 것이 중요하며, 그렇게 열심히 노력한 사람은 반드시 무언가의 성취감을 맛볼 수 있다. 산 정상을 정복하거나 설원을 횡단하거나 또는 어떤 일을 완수했을 때는 커다란 성취감을 느낄 수 있으며, 그 기쁨이 IRA에 피드백 되면 열심히 한 노력이 더욱 큰 기쁨으로 탈바꿈된다.

즉, 성공한 사람들이나 일류 운동선수, 등산가, 모험가들의 두뇌에서는 다른 사람에게는 괴롭고 힘든 일이 기쁨으로 바뀌는 기적, 바꾸어 말하자면 부정적인 두뇌가 긍정적으로 바뀌는 기적이 반드시 일어난다.


## 폭주족이든 성공한 사람이든 노력파들에게는 공통된 무언가가 있다


인생을 살아가다가 방향을 잃게 되면 일단 무작정 열심히 노력해 보아야 한다. 방향을 잃는다는 것은 이미 이것도 아니고 저것도 아니라는 식으로, 위기를 관리하는 논리두뇌가 너무 지나치게 활동을 하고 있다는 증거이기 때문에, 이때 생각을 계속한다는 것은 최악의 선택이라고 할 수 있다.

방향을 잃었을 때는 당장 해야 할 일에 무작정 파고들어 보는 것이 가장 효과적인 해결방법이다.

하지만, 이렇게 무작정 노력하는 것은 사실 힘든 일이다.

무작정 노력하는 기쁨을 한 번도 맛본 경험이 없는 사람은 잠재의식 속에 무작정 노력→스트레스→불쾌감 식의 연상이 일어나므로,

거의 자동적으로 싫다거나 괴롭다거나 힘들다는 부정적인 감정이 생겨난다.

따라서 내가 아무리 이런 노력에 대한 중요성을 역설한다 해도 실제로 그렇게 노력해 볼 독자는 별로 없을 것이며, 100명 중 99명은 분명 뭔가 이유를 대며 그러한 노력을 하지 않을 것이다. 안타깝지만 그것은 틀림없는 사실이다.

하지만 바로 그 나머지 한 명이 소위 말하는 천재로, 그 사람은 처음부터 자신의 성공과 성공에서 얻어지는 기쁨을 확신하기 때문에 쉽게 노력할 수 있으나, 보통사람들이 무작정 노력하기는 그리 쉽지 않다.

그런데 천재도 아니면서 쉽게 무작정 노력할 수 있는 사람이 있는데, 밤새워 가며 오토바이를 몰고 다녀 주위사람들이 그 소음 때문에 괴로워해도 자신들의 행동에 대한 신념이 전혀 흔들리지 않는 폭주족들이다.

야쿠자에 관계된 사람들도 그런 점에서는 놀라우리만큼 노력파여서, 무슨 일이 있으면 예사로 실력을 행사하는 실행력을 가지고 있으며 형님의 죄를 자기가 뒤집어쓰고 자수하는 자기희생도 마다하지 않는다.

선거철이 되면 초인적인 활동력을 발휘하여 체면 불구하고 아무한테나 머리를 숙이며 돌아다니고, 일반사람들은 도저히 할 수 없는 행동을 넉살좋게 하며 다니는 정치인들도 무작정 노력하는 능력은 결코 남에게 뒤지지 않을 것이다.

그러나 뭐니 뭐니 해도 이런 무작정 노력하는 사람의 표본은 컬트교 신도들이다. 다른 사람들이 무슨 이야기를 하건 그들은 전혀 개의치 않고, 불쌍한 사람들을 보면 무리를 해서라도 도와주려고 애쓰며, 비가 오나 눈이 오나 행복한 표정을 짓고 길모퉁이에 서서 전단지를 나누어준다. 보통사람들은 견디기 힘든 집단생활도 태연스럽게 견뎌낼 뿐만 아니라 집단자살이나 살인이나 테러까지 감행하는 그룹도 있다.

어떻게 그렇게까지 노력할 수 있는지, 어떻게 그렇게 의욕이 솟구치는지 연구해 볼 가치가 있어 연구를 해 보니, 폭주족이나 야쿠자, 정치가, 컬트교 신자들에게는 한 가지 공통점이 있다는 사실을 알게 되었다. 그것은 바로, 그들에게는 강력한 리더, 훌륭한지 어떤지는 모르겠지만 어쨌든 강력한 스승이 있다는 것이다.

스승의 존재는
사람들을 무작정 노력하게 만든다.

탁월한 실력으로 성공한 사람들에게도 그 곁에는 반드시 스승의 그림자가 있었다.

## 인생의 스승이 있으면 왜 사람들은 열심히 노력하게 되는가?

스승이 얼마나 소중한 존재인지 깨닫게 해 주는 것이 바로 스포츠 세계일 것이다. 운동선수의 경우는 감독이나 코치가 스승이 되는 경우가 많은데, 감독이나 코치를 스승으로 삼지 않으면 실력을 향상시킬 수 없는 것이 바로 스포츠 세계이다.

예를 들면, 마라톤의 다카하시 나오코(高橋尙子) 선수는 고교·대학시절까지는 우승과는 전혀 거리가 먼 평범한 선수였다. 그런데 고이데(小出) 감독을 좇아 리쿠르트에 입사한 후로는 눈에 띄게 재능을 발휘하였고, 3년 후에는 일본 최고기록을 갈아치웠다.

또 한 사람, 내가 지도하는 프로 운동선수 가운데 복싱의 가와시마 가쓰시게(川嶋勝重)를 꼽을 수 있다. 프로복서로 활약하는 선수는 대체로 어렸을 때 복싱을 시작하여 아마추어로도 나름대로 성적을 남긴다. 하지만 가와시마의 경우는 21살이나 되어 오하시(大橋) 체육관에 입문한 별종이다.

그때까지는 평범한 샐러리맨으로 복싱을 해 본 경험도 없는 완전한 풋내기였다. 그럼 복싱에 대한 상당한 재능이 있었느냐 하면, 오하시 회장의 말에 의하면 소질이나 재능은 전혀 없었다고 한다. 프로테스트조차 제대로 받지도 못한 채 복싱에 입문한지 3년 후, 24살의 나이에 겨우 프로에 데뷔했다.

그런 소질도 재능도 없는 가와시마가 2002년에는 일본 슈퍼라이트급 왕좌에 오르고, 이듬해 6월에는 WBC 챔피언벨트에 도전한다. 아깝게 판정으로 패했으나, 한 달 전에 근섬유수축을 일으킨 부상 때문에 가와시마가 압도적 불리하리라던 경기 전 예상 평을 보기 좋게 뒤집어 보였던 것이다. 그때 그의 건투하는 모습은 많은 팬들을 텔레비전 앞에서 떠나지 못하게 했다.

가와시마가 나에게 받은 심리테스트 결과를 보면, 그의 특징은 뛰어난 플러스적 사고에 있었다. 지금까지 수많은 프로 운동선수들이 이 테스트를 받았는데, 그가 요미우리 자이언트의 구와다(桑田) 투수 다음으로 높은 수치를 기록했다.

그러나 이러한 플러스적 사고도 오하시 회장이라는 스승을 만나지 못했더라면, 그의 도전은 소질이나 재능이 없으면서도 스무 살이 넘어 샐러리맨을 포기하면서까지 복싱세계에 뛰어든, 뭔가 잘못 생각한 한 인간의 '착각'으로 끝났을 가능성이 높다. 스스로 노력파였던 오하시 회장이었기 때문에, 그는 훌륭한 플러스적 사고로 묵묵히 노력하는 가와시마에게서 뭔가를 발견했던 것이다.

스승은
소질이나 재능까지 바꿔준다.

모 잡지와의 인터뷰 때 존경하는 사람이 누구냐는 질문을 받자, 가와시마는 주저 없이 오하시 회장의 이름을 댔다. 이렇게 자신의 재능을 꽃피웠던 사람은 반드시 훌륭한 스승을 만났다. 이치로 선수나 마쓰이 히데키 선수에게는 아버지라는 스승이 있었고, 경제계에서 성공한 사람들은 사장이나 직장상사를 스승으로 존경하고 그 스승을 보고 배운 경력을 가지고 있다.

깨달음을 목표로 수행에 정진하는 선승에게도 사가(師家)라는 스승이 있어 그 스승의 지도 아래 엄격한 수행을 참아내며, 요리나 목수 세계에서도 훌륭한 스승을 둔 사람이 성공한다.

왜냐하면, 스승이 있으면 사람들은 순수해지기 때문이다.

- 스승이 있으면 순수해져서 사물을 쉽게 받아들일 수 있다
- 스승이 있으면 순수해져서 방향을 잃지 않는다
- 스승이 있으면 순수해져서 의욕이 솟구친다
- 스승이 있으면 순수해지고 순수함의 에너지가 솟아나 무작정 열심히 노력할 수 있다

## 스승이 있으면 에너지나 시간을 절약할 수 있어 목표에 빨리 도달할 수 있다

'당신은 참 순수하시네요'

이런 말을 들으면 무시당한 것 같은 느낌이 드는 사람이 많겠지만, 순수함을 무시하는 사람은 절대로 발전할 수 없으며 성공할 수도 없다. 천재가 아닌 우리가 크게 성장하기 위해서는 순수함이라는 에너지가 반드시 필요하다.

바꾸어 말하자면, 순수함이 사람을 천재로 만들어 주는 것이다.

천재란 올림픽에서 금메달을 따거나 노벨상을 수상하거나 시장을 완전히 바꿀 수 있는 새로운 사업전개에 성공한 사람들만을 말하는 것은 아니다. 인생의 목적을 올바로 이해하고 자신을 키워 나가면서 충실한 삶을 사는 바로 그런 사람이 훌륭한 천재라고 나는 이해한다.

따라서 훌륭한 스승을 만나지 못하는 사람은 불행하다. 50살, 60살이 되어 '이게 아닌데' 라고 투덜거리는 사람은 100% 훌륭한 스승을 만나지 못한 사람이라고 해도 과언이 아니다.

스승이란 길을 안내해 주는 길잡이이며 표본이며 이상인데, 그런 것들이 없으므로 우리는 인생의 목적을 찾지 못하고 무작정 노력하지 못하며, 이리저리 헤매면서 에너지를 낭비하고 귀중한 시간을 잃게 되는 것이다.

골프에서도 레슨 프로라는 스승이 있으면 기본기를 빨리 익힐 수 있어 짧은 기간에 실력을 향상시킬 수 있으나, 자기 방식대로 하는 경우에는 힘들게 실력을 향상시킨다 해도 거기에는 반드시 한계가 있다.

- 스승이 없으면 처음부터 어림짐작으로 배워야 한다
- 스승이 없으면 실패를 반복하면서 배우게 된다.
- 스승이 없으면 자신의 잘못을 늦게 깨닫게 되고, 잘못된 방향으로 가기 쉽다
- 스승이 없으면 인정해 주는 사람이 없으므로 노력하는 것이 괴로워진다
- 스승이 없으면 자신의 행동이나 목표에 좀처럼 자신감을 가지지 못한다
- 스승이 없으면 스승의 수준에 근접하는 기쁨, 스승을 능가하는 기쁨을 느낄 수 없게 된다

스승이란 우리의 마음이나 기술을 향상시켜 주는 '마법의 지팡이'인 것이다.

## 인생의 스승이 없는 것은 스승을 찾으려는 노력이 부족하기 때문

현대에는 스승이라는 말이 사어(死語)나 마찬가지가 되었다. 스승이 엄연히 존재하고 중요한 의미를 갖는 부문은 운동이나 장인(匠人)의 세계 정도로, 일반 사회에서는 인생의 스승이라고 하면 시대착오적이라고 비웃음을 받을 수도 있다. 왜냐하면, 가치관이 다양화되고 라이프스타일도 크게 변화하고 있는 요즘 사회에서는 옛날처럼 모든 사람의 모범이 되는 스탠더드나 기준이 성립되기 어렵기 때문이다.

바로 그렇기 때문에 우리는 더욱 의식적으로 자신의 스승을 찾아야 하며, 그런 생각을 가지고 찾게 되면 스승은 얼마든지 존재한다.

찾으려는 노력이 부족한 사람들일수록 존경할 만한 사람이 없다거나 훌륭한 인물이 없다고 떠들어댄다.

자신의 주위에서 스승을 찾지 못한다면 본받을 만하다고 생각되는 사람의 강연회에 참석해 보는 것도 좋고, 타업종 교류회 같은 곳에 참가해서 찾아보는 것도 괜찮을 것이다.

교세라(京セラ)의 명예회장 이나모리 가즈오(稻盛和夫) 씨는 회사를 설립하고 얼마 되지 않은 1960년대 중반 무렵 우연히 참석한 교토의 한 강연회에서 그 후 그의 인생에 커다란 영향을 주게 되는 스승을 만나게 된다.

그때 강연을 한 사람은 바로 마쓰시타 고노스케였고, 강연 주제는 '댐식 경영'에 대해서였다. 댐식 경영이란 기업도 물을 가두어놓은 댐처럼 인재나 자금, 설비에 여유를 가지지 않으면 안정된 경영을 할 수 없다는 경영철학이다.

그 강연의 마지막에 참석자 한 명이 자리에서 일어나 모두가 가장 듣고 싶어 하는 질문을 했다고 한다.

"어떻게 하면 그런 여유를 가질 수 있습니까?"

얼마나 멋진 노하우를 들을 수 있을까 귀를 기울이던 참석자들은 경영의 신이라 불리는 마쓰시타의 뜻밖의 대답에 실망감을 감추지 못했다고 한다.

"그것은 여유를 갖자고 생각하는 것이지요"

이것이 마쓰시타의 대답이었던 것이다.

낙담한 청중들 속에 한 사람, 마쓰시타의 이 대답에 감동한 사람이 이나모리 씨였다. 나중에 이나모리 씨는 그때의 충격을 이렇게 이야기한다.

"무슨 일이든 생각하는 것에서부터 시작한다는 사실을 새삼 배운 것 같다"

그 후 그는 마쓰시타 고노스케의 이 메시지를 인생의, 또 경영의 지침으로 실천해 나가게 된다.

이나모리 씨처럼 감동할 수 있는 마음만 있다면 스승은 반드시 찾을 수 있다.


## 스승을 찾지 못한 사람은
## 주변의 부담 없는 스승부터 찾아보는 것이 좋다


인생의 목적이나 스승에 대해 설명하면서 이런 얘기를 하는 것도 우습지만, 사실 인생 같은 것은 그 어디에도 존재하지 않으며 오직 우리 머릿속에만 존재하는 개념이며 논리일 뿐이다.

운동선수 앞에는 언제나 오늘 해야 할 연습이 있고 다음 시합이 있으며 4년 후에 열리는 올림픽이나 월드컵이 있듯이, 우리 앞에는 당면 목표나 과제가 있다. 그런 구체적인 목표나 과제를 위해 철저하게 노력하다 보면 좀 더 멀리 바라볼 수 있는 장기적인 목표가 점차 확실해진다.

그러나 인생이라는 개념은 오히려 이런 구체적인 목표나 과제를 찾기 어렵게 만든다. 일생을 10년 주기로 나누어 생각하는 것이 좋다는 것도 바로 이 때문으로, 인생은 오로지 눈앞에 있는 구체적인 목표 속에만 존재하는 것이다.

거창한 목적만을 추구하는 사람은 결코 그 목적을 찾아낼 수 없으며, 훌륭한 스승만 찾는 사람은 영원히 그 스승을 찾지 못할 것이다.

따라서 우선 주변의 부담 없는 스승부터 찾아보자.

마쓰시타 고노스케와 같은 유명한 스승은 찾을 수 없을지 모른다. 하지만 부담 없는 스승이라면 어디에나 존재한다. 직장에도 있을 수 있고 가정에도 있을 수 있으며, 또 자신이 사는 지역에도 부담 없는 스승은 얼마든지 존재한다.


- 자신보다 능력이 있는 사람
- 뭔가에 몰두해 있는 사람
- 자신을 꾸짖거나 야단쳐주는 사람
- 자신보다 훌륭한 점이 있는 사람
- 자신에게는 없는 뭔가가 있는 사람


주위에서 얼마든지 찾아볼 수 있는 이런 사람들을 자신의 스승으로 모신다면, 여러분도 순수함이라는 멋진 능력을 얻을 수 있다. 자기 주변에서 그런 부담 없는 스승을 찾을 수 없다면, 아마도 그 사람은 어지간히 운이 없는 사람이다. 상대방의 결점만 보이고 장점은 보지 못하는 사람에게는 절대로 행운은 굴러 들어오지 않는다.

"우리 회사에는 변변한 상사가 없어요"

그런 식으로 말하는 젊은이들이 적지 않은데, 사실은 변변치 못한 상사에게도 배울 점이 많다. 스승이 될 자격이 있는 것은 훌륭한 사람뿐만 아니라, 반면교사(反面教師)라는 말도 있듯이 변변치 못한 상사나 동료의 바로 그 변변치 못한 부분이 훌륭한 교훈을 가르쳐준다.

- 변변치 못하다고 생각되는 사람
- 절대로 닮고 싶지 않은 사람

미야모토 무사시(宮本武藏)의 '나 외에는 모두가 스승'이라는 유명한 말이 있는데, 어떤 사람이든 자신에게는 스승이며 반드시 그 사람에게서 배울 점이 있다는 뜻으로, 이러한 겸허한 자세로 다른 사람을 대한다면 그 사람은 분명 자신을 성장시켜 나갈 수 있다.

하긴 검의 수행을 통해 어느 정도의 경지에 오른 미야모토 무사시이기에 할 수 있는 말임에는 틀림없다. 그러나 그러한 경지에 이르지 못한 우리도 그 교훈을 실천함으로써 어느 정도 경지에 오른 사람의 흉내는 낼 수 있다.

이것이 인간의 불가사의한 부분이다.

그렇다면 여러분의 주위에는 어떤 스승이 있을까?

## 유능한 리더가 되고자 하는 사람을 위한 비장의 무기

스승을 찾았다면 여러분은 마음이나 기술을 향상시켜주는 '마법의 지팡이'를 손에 쥔 것이나 다름없다.

입장을 바꿔 생각해 보면, 리더의 자질은 부하직원을 어떻게 자신의 제자로 만들 수 있느냐에 달려 있다. 부하의 능력을 이끌어내 가능성 있는 집단으로 만들려고 한다면, 리더는 훌륭한 스승이어야만 한다.

유능한 리더가 되기 위한 조건은 여러 가지가 있는데, 그 중에서도 가장 중요한 것을 한 가지 든다면 그것은 바로 부하를 감동시키는 상사가 되는 것이다. 즉, 상대방의 논리두뇌가 아니라 IRA의 감정두뇌에 호소하는 능력을 길러야 한다. 부하직원을 감동시키고 감

격시키는 능력을 가진 사람이 스승의 자질을 갖춘 유능한 리더인 것
이다.

아무리 목표를 외쳐댄다 해도 사람은 자발적으로 움직이지 않으
며, 아무리 옳은 일에 대해 역설한다 해도 사람들이 분발하지는 않
는다. 부하직원들 앞에서 자신의 정당성을 거침없이 떠들어대는 상
사가 있다면, 그 사람은 아무리 발버둥 쳐봐야 훌륭한 스승은 될 수
없다.

예를 들면, 요즈음 일본에서 가장 유능한 리더의 한 사람인 도쿄
도지사 이시하라 신타로(石原愼太郞) 씨의 매력은 늘 화를 내는 것이
다. 그의 매력은 분노이며, 그는 그 분노를 통해 사람들의 IRA를 자
극하고 감동시키는 리더가 된 것이다.

고이즈미(小泉) 수상 또한 사람들을 감동시키는 능력이 탁월하다.
국민들에게 고통을 강요하는 구조개혁이 왜 이토록 광범위한 지지
를 받았느냐 하면, IRA에 강력하게 호소하는 바로 그 '고통'이라는
말이 사람들에게 뭔가를 느끼게 했기 때문이라고 나는 보고 있다.

사람들은 마음이 흔들려 감동을 받았을 때 분발하게 된다. 따라서
고이즈미 수상의 말에 감동을 받아 모두 고통을 이겨내자는 대단한
생각까지 하게 된 것이다.

객관적인 수치 목표를 설정할 뿐만 아니라 감동할 수 있는 목적을
제시해야 하는 이유도 바로 여기에 있다. 감동한 사람은 행동하게

되고 행동하는 사람은 성과를 올리게 되며, 결과적으로 가지고 있는 능력을 최대한 발휘할 수 있는 것이다.

여기서 부하직원들이 감동할 수밖에 없는 표현을 몇 가지 알려 주겠다. 내가 젊었을 때 다니던 회사의 사장님이 언젠가 나를 불러,

"니시다, 자네한테만 이야기하는데……"

하며 말을 꺼낸 적이 있다. 이야기의 내용은 생각나지 않지만, 회사 사장님으로부터 '자네한테만' 이라는 말을 들었을 때의 그 감동, 감격은 아직도 확실하게 기억하고 있다. 나는,

'이 사람을 위해서라면 무슨 일이든 하자, 목숨을 바쳐 일하자'

그런 생각이 들었던 것이다.

"자네한테만은 솔직하게 이야기하는데.……"

"자네만은 이해해줬으면 좋겠는데……"

사람들은 '자네만' 이라는 이 말에 약해진다.

내가 자신에게 특별한 존재라는 사실을 인정해 주는 '자네만' 이라는 이 말은 최고의 칭찬이다. 사람들은 다수의 일원이나 기타 다수이기보다는 특별한 가치를 지닌 유일한 존재라는 것에 이상하리만큼 큰 희열을 느끼며, 그것을 인정해 준 사람에게는 편도핵이 상쾌해져서 '이 사람을 위해서라면' 하는 생각이 들게 되는 것이다.

이것이 바로 컬트 집단의 교주가 자주 이용하는 마인드컨트롤 기법이다. 마인드컨트롤이라고 하면 왠지 좋지 않은 듯한 느낌이 들지

만, 사실은 인간관계를 원활하게 하거나 보다 발전적인 관계를 구축하기 위해서는 심리적 메커니즘에 근거한 마인드컨트롤이 필수적인 요소이다. 부모가 아이를 칭찬하는 것이나 한적한 밤 공원에서 애인에게 사랑을 고백하는 것, 또는 꽃다발을 사들고 아내에게 달려가는 것도 모두 일종의 마인드컨트롤인 것이다.

고이데 감독이 다카하시 선수에게 항상,

"너는 대단해. 세계제일이 될 수 있어"

라고 말해준 이야기는 유명한데, 이 또한 최상급의 마인드컨트롤이었다. 이와 같이 윗사람으로부터 인정을 받으면 IRA가 긍정적으로 되어 있는 그대로의 능력을 발휘하게 된다.


## 인간의 IRA(본능반사영역)에는 최고의 스승이 존재한다


스승에도 두 종류가 있는데, 하나는 자기 맘대로 '이 사람은 나의 스승'이라고 생각하는 스승으로, 직장상사를 자신의 모범으로 삼거나 성공한 사람들을 목표로 하거나 또 책에서 읽은 위인의 말을 인생의 길잡이로 삼는 것은 바로 이런 타입의 스승이다.

이런 스승을 찾아내느냐 찾아내지 못하느냐에 따라 사람의 일생은 크게 달라진다. 그러나 이보다도 훨씬 강력한 스승이 있는데, 바로 '자네는 내 제자' 라며 자신의 제자임을 인정해 주는 스승이다. 자신을 인정해 주는 말의 마력도 바로 여기에서 나오며, 윗사람으로부터 인정을 받는다는 것은 우리 마음 최고의 기쁨이다. 이런 말을 들으면 우리의 두뇌는 무슨 일이 있어도 그 기대에 부응하려고 노력하게 된다.

그런 스승을 찾아낸 사람은 그렇지 못한 사람에 비해 얼마나 행복한지 모른다. 그러한 스승이 있으면 자신이 해야 할 일이 명확해지고 인생의 목적을 찾게 된다. 스스로 혼자서 찾을 때는 좀처럼 보이지 않던 삶의 보람이나 삶의 의미에 대해서도 그 스승이 힌트를 주는 것이다.

인생의 의미는 운과 마찬가지로
사람이 가져다주는 것이며, 우리가 할 수 있는 것은
그런 사람을 만나기 위해 노력하는 것이다.

"나를 인정해 줄 사람이 없다. 도저히 찾을 수 없다"
그렇게 한탄할 필요는 없다. 누구에게나 자신을 인정해 주는 스승이 있다.
그 사람은 바로 여러분의 어머니인 것이다. 한 사람도 예외 없이 가지고 있는 인생 최초의 스승이자 죽을 때까지 자신을 인정해 주는 최고의 스승이다. 설사 실제의 어머니가 돌아가셨다 하더라도 IRA 속에 있는 어머니는 늘 자신을 믿고 인정해 주고 있으며, 우리는 그런 말을 듣고 싶어 하고 그렇게 말해 주기를 죽을 때까지 소망한다.

세상의 성공한 사람들을 조사해 보니 마더 콤플렉스를 가지고 있는 사람들이 의외로 많았다. 에디슨이나 노구치 히데요(野口英世)가 유별난 마더 콤플렉스였다는 사실은 잘 알려져 있는데, 성공한 사람들의 대부분은 어머니를 행복하게 해 드리고 싶다거나 어머니를 기쁘게 해 드리고 싶다는 생각을 가지고 있다. 잠재의식으로 말하자면, 어머니의 사랑을 받고 싶다거나 어머니에게 인정받고 싶다는 어렸을 적의 소망이 조용히 숨 쉬고 있다고 할 수 있다. 또한 이러한 소망이 어떤 사물에 몰두할 수 있는 에너지원이 되는 경우가 압도적으로 많은 것이다.

여러분들의 마음속에도 분명 어머니를 행복하게 해 드리고 싶다거나 어머니를 기쁘게 해 드리고 싶다는 생각이 있을 것이다. 지금까지의 인생론이나 성공철학은 어찌된 일인지 사람들의 이러한 근원적인 생각을 무시하고 자신의 인생이나 성공밖에 논하지 않았다. 그렇기 때문에 성공하기 위한 노력이 괴롭고 스트레스만 쌓이게 되며, 사회적으로 성공하더라도 행복감을 느끼지 못하고 도대체 무엇을 위해 성공하려고 노력해 왔는지 알 수 없게 되어 버렸다.

　그런 사실을 깨닫는 것만으로도 우리 두뇌는 긍정적으로 되고 인생이나 삶이 크게 달라질 수 있다.

엄청난 에너지를 얻을 수 있는
마법의 지팡이

# 밑바닥까지 떨어져라

제 4 장

## 실패는 신이 내려준 기회이다

내가 지도하는 초능력 두뇌훈련에 '예스·벗(yes·but)'이라는 클리어링 방법이 있는데, 클리어링(clearing)이란 정신력 강화훈련에서 나오는 용어로서 우리 마음속에 생기는 마이너스적 이미지나 마이너스적 감정을 해소시켜 줌으로써 어려운 상황 하에서도 보다 효과적으로 대처할 수 있는 심리 상태를 만들어주는 기법을 말한다.

혼다 소이치로는 종이에 사인을 부탁하면 '성공이란 99%의 실패를 바탕으로 한 1%이다'라고 써주는 경우가 많았는데, 이러한 사고 방식도 실패라는 부정적 가치를 플러스로 바꾸어 긍정적으로 받아들이려는 클리어링의 일종이라고 할 수 있다. 실패를 인정하면서도(yes) 그러나(but)라고 대안을 제시함으로써, 실패는 성공을 위해서 빠뜨릴 수 없는 요소이며 필요조건이기도 하다고 생각을 바꾸게 해준다.

성공한 사람들은 누구나 이와 같이 가치를 반전시켜 단순한 호박을 아름다운 마차로 바꿀 수 있는 '마법의 지팡이'를 가지고 있다. 만약 그들에게 그런 마법이 없다면, 보통사람들은 도저히 헤쳐 나갈 수 없는 99% 실패라는 길을 통해 목표를 향해 나아가기란 불가능하다.

내가 '최고의 예스·벗 방법'이라고 이름붙인 클리어링 방법이 있는데,

- 힘든 일은 신이 내려준 선물이다
- 괴로운 일은 신이 내려준 선물이다
- 실패는 신이 내려준 선물이다

즉, 어떠한 어려움도 그것은 신이 내려준 시련이라고 받아들여야 한다는 것이다. 그렇다면 어째서 신이 우리에게 그런 선물을 내려주는가? 그것은, 우리에게 최고의 후원자인 신은 더할 나위 없는 최고의 플러스적 감정을 가져다주기 때문이다. 그러면 어째서 그렇게 힘든 시련을 내려주는가? 그것은, 신은 우리가 극복하지 못할 시련은 절대 내려주지 않기 때문이다. 또 어째서 그것이 선물이란 말인가? 그것은, 신은 미래를 내다보고 있어 우리 미래를 개척해 나가기 위해 필요한 어려움을 시련으로 내려주기 때문이다.

모든 일을 이런 식으로 받아들인다면 실패에서도 적극적인 가치를 발견할 수 있으므로, 성공을 하고 싶어 하는 것과 마찬가지로 실패도 그리 나쁜 것만은 아니라고 받아들일 수 있으며, 싫다거나 안 된다는 부정적 사고에 빠져들지 않고 진취적인 두뇌로 대처해 나갈 수 있는 것이다.

그런 일이 우리 마음대로 되지는 않을 거라고 생각할지 모르지만, 거짓말처럼 실제로 그렇게 된다. 모든 종교는 이 예스·벗 방법을 본질로 하고 있으며, 독실한 신자는 무슨 일이든 신이 내려준 선물이라고 받아들이므로 세속적으로는 힘들더라도 행복한 모습을 보일 수 있는 것이다. 모든 종교의 본질인 이 예스·벗 방법을 다른 사람이 아닌 자기 자신을 마인드컨트롤 하는 방법으로 활용하도록 하는 것이 여기에 소개한 '최고의 예스·벗 방법'이다.

실제로 힘든 일이나 괴로운 일을 신이 내려준 시련이라고 생각하면 놀라우리만큼 플러스적 사고를 할 수 있게 되고 이 시련을 이겨내려는 끈기와 인내심과 파워가 솟구치므로, 만약 이런 기회가 있으면 여러분도 꼭 시험해 보기 바란다.

성공하고 싶으면
먼저 실패를 받아들여라.

하지만 예외도 있다. 당연한 얘기지만, 신이라는 표현을 싫어하는 사람은 뜻대로 잘 되지 않는데, 이는 신을 믿느냐 아니냐의 문제가 아니라 자신의 능력만으로 세상을 산다는 사람에게는 이상하게도 이 예스·벗 방법이 전혀 통하지 않는다.

바로 여기에 우리 IRA(본능반사영역)의 중대한 비밀이 숨어 있다.

## 성공하는 사람도 한 번씩은 밑바닥을 체험한다

진지함으로 말하자면 사람들은 모두 진지하게 살아가고 있다. 세상에 진지하게 살지 않는 사람은 없다. 적어도 내가 지금까지 만난 사람들 중에는 진지하지 않은 사람은 한 사람도 없었다.

다만 일류에 속하는 사람과 그렇지 못한 사람은 그 진지함의 정도에서 명백한 차이를 보이며, 일류에 속하는 사람은 두뇌 압박 수준이 상당히 높다.

그러나 두뇌 압박 수준이 높다고 해서 정신적 여유가 없다거나 융통성이 없다는 이야기가 아니다. 오히려 일류에 속하는 사람들은 그렇지 못한 사람들보다 훨씬 열심히 노력함에도 불구하고, 그런 노력을 괴롭다고 생각하지 않기 때문에 여유가 있으며 융통성이 있는 것이다. 그리고 열심히 노력한 사람은 반드시 무언가를 달성해 왔기 때문에 성공에 대한 자신감이 있고 마음이 훨씬 안정되어 있다.

그런 사람들은 인생의 어느 지점에선가 자신의 틀을 완전히 깨뜨렸기 때문이다.

예를 들면, 그들에게는 겉치레가 없다. 그들에게서는 모양새를 따지는 식의 겉치레는 전혀 찾아볼 수 없고, 그들은 자신을 변호하거나 정당화시키는 왜곡된 논리도 내세우지 않으며, 스스로 마음 상해

하거나 남들로부터 상처를 받는 일에도 별로 신경 쓰지 않는다. 즉, 보통사람들이 악착같이 지키려고 하는 '자신'이라는 틀이 없다. 아니, 틀이 없는 것이 아니라 언젠가 그 틀을 깨뜨려 버린 것이다.

그런 사람들과 이야기를 나누다 보면 도리어 우리에게 무엇이 부족한지를 알게 된다. 예를 들면, 보통사람들이 늘 도전정신을 가지라거나 실패를 두려워하지 말라거나 끝까지 포기하지 말라는 이야기를 들으면서도 왜 그렇게 하지 못하는지 이해할 수 있게 된다.

도전정신을 갖자고 생각만 해서는 절대 도전정신을 가질 수 없다. 실패를 두려워하지 말자고 스스로를 타일러도 아흔아홉 번씩이나 실패를 하다 보면, 아니 두세 번만 실패를 해도 보통사람들의 IRA에는 마이너스적 감정이 생겨서 플러스적 사고를 할 수 없게 되고 마침내 체념해 버린다. 일류 성공인들도 사람인 이상 그런 연약한 자신이 있었지만, 그들은 언젠가 그러한 자신의 틀을 깨뜨린 것이다.

성공한 경제인이나 일류 운동선수의 이야기를 듣다 보면, 그들은 반드시 '이때부터 내가 달라졌다'거나 '그때 내 자신의 틀을 깨뜨렸다'고 할 수 있는 경험을 했으며, 그 시절을 그렇게 회상하기도 한다. 하지만 이러한 경험은 실패나 좌절, 절망, 도산, 빚더미와 같은 밑바닥 체험이 대부분인데, 흥미로운 것은 성공한 사람들은 누구나 과거에 이러한 절망이나 인생의 밑바닥을 체험하고 자신을 바꾸면서 성장해 왔다는 사실이다.

사소한 실수는 단순한 마이너스에 지나지 않는다. 그러나 중대한 실패는 커다란 플러스로 바뀔 가능성이 있으며, 신이 내려주는 멋진 선물이 될 수도 있다. 도전하지 못하겠다거나 실패할까 두렵다거나 사는 보람을 느낄 수 없다는 말은 아직 절망이 부족하다는 의미이며, 밑바닥 세상을 모른다는 증거라고 할 수 있다. 그러므로 여러분은 아직 더 많은 절망을 할 수 있으며, 인생의 밑바닥까지는 상당한 여유가 있으므로 마음 푹 놓고 실패를 경험해 보기 바란다.

밑바닥을 체험하고 성장하여 성공한 사람들은 그 밑바닥에서 자신을 바꿀 수 있는 무언가를 움켜잡았다. 결론부터 이야기하자면, 그 무언가란 세상은 자기 혼자서 살아가는 것이 아니라는 생각이며, 거기서 솟아나는 감사할 줄 아는 마음의 에너지이다.

## 남의 도움을 받고 있다는 생각이 자신의 틀을 깨뜨린다

다시 복싱의 오하시 회장 이야기를 해 보도록 하자. 상대와 진짜로 치고받는 복싱이라는 겁나는 운동은 두뇌를 철저하게 압박하여 위기관리 두뇌인 논리두뇌를 잠재우지 않으면 링에 설 수 없다. 그런 만큼 오하시 회장이 들려주는 체험담에도 하찮은 논리보다는 우리를 감동시키는 함축된 이야기들이 많다.

오하시 회장도 자신의 능력에 대해 절망한 적이 있다.

"젊었을 때는 꼭 이겨야할 시합을 모두 지고 말았다"

뜻밖의 이야기였다. 고등학교 2학년 때 전국고등학교체육대회를 제패했지만 3학년 때는 우승을 하지 못했고, 대학생 때는 중요한 올림픽대표 최종선발전에서 충분히 이길 수 있는 상대에게 져서 올림픽에 출전하지 못했으며, 프로가 된 후에도 중요한 시합 때면 이상하게도 무력하게 지고 말았다.

초등학생 때부터 하루 한 끼만으로 버티며 챔피언을 목표로 해 온 그였기에 절망 또한 결코 작지 않았으리라 생각한다. 그런데, 중요한 고비 때마다 지는 이유에 대해 생각을 거듭하던 오하시 회장은 문득 깨달은 것이 있었다.

"시합에서 지기 전에는 늘 감독이나 체육관 회장에 대해 불만이 있었습니다"

사람은 계속 승리를 거두다 보면 아무래도 자만심에 빠져 자기 실력만으로 강자가 되었다고 착각하기 쉬운데, 그는 주위 사람들에게 불평불만을 늘어놓는 시점에서 시합에 지는 자신을 발견한 것이다.

"내가 시합에서 지는 것은 주위 사람들 때문이 아니라 바로 나 자신이 잘못되었기 때문이라고 생각을 고쳐먹고, 주위 사람들을 감사하는 마음으로 대하자 내 자신이 달라지기 시작했습니다"

그 결과, 1990년 세 번째 도전 만에 세계 챔피언 자리에 오르며 일본 세계도전 연패기록을 21에서 끊는 쾌거를 이루게 된다.

나는 나름대로 오하시 회장을 내 스승의 한 사람으로 생각하고 있기 때문에 여기서도 그 분의 예를 들었는데, 성공한 대부분의 사람들은 어느 시점에선가 완전히 밑바닥까지 떨어지고 거기서 이와 비슷한 심적 전기를 체험하게 된다. 여기서 말하는 비슷한 심적 전기란 자신의 힘만으로는 한계가 있다는 사실을 깨닫고 주위 사람들에 대해 감사하는 마음을 갖게 되는 것을 말한다.

자신의 힘만으로는 살아 갈 수 없다는 자각,
주위 사람들이 도와주고 있다는 발견.

밑바닥이란 자신의 힘만으로는 더 이상 어떻게 해볼 도리가 없는 상태를 말한다. 따라서 이때 실컷 절망하고 그 현실을 제대로 받아들인 사람은 자기 힘만으로 살아 왔다는 자만심을 더 이상 갖지 않게 된다. 참으로 다행스럽게도 모든 종교에서 행복의 원리로 가르쳐 온 내용들이 마치 기적처럼 일어나는데, 그제야 비로소 '나 혼자의 힘만으로는 살 수 없다'거나 '주위 사람들이 많은 도움을 주었다'는 사실을 말로만이 아니라 마음속 깊이 절감하게 된다. 그렇게 되면 지금까지의 자신의 틀이 깨지고, 보통사람들은 좀처럼 가질 수 없는 감사할 줄 아는 엄청난 힘이 솟구치는 것이다.

- 지금까지는 열심히 노력하지 못해 성공할 수 없었던 사람이 만약 성공하기를 바란다면, 지금까지의 자신의 틀을 깨뜨릴 필요가 있다
- 현재 행복을 느끼지 못하는 사람이 만약 행복을 느끼고 싶다면, 행복을 느끼지 못하는 현재의 자신의 틀을 깨뜨릴 필요가 있다
- 인생의 목적을 찾지 못하는 사람이 인생의 목적을 찾아 충실한 나날을 보내고 싶다면, 현재의 자신의 틀을 깨뜨려야 한다
- 현재의 일이 재미없다고 생각하는 사람이 꼭 재미있는 일을 하고 싶다면, 현재의 자신을 바꿔 볼 필요가 있다

감사하는 마음은 가장 강력하게 자신을 바꾸어 주는 '마법의 지팡이'이다.

# IRA는 자신이 생각한 그대로 원치 않는 자신으로 만들어 버린다

'인생은 자기 뜻대로 되지 않는 법이다'

세상에는 이런 식으로 생각하는 사람이 많은데, 이는 엄청난 착각이며 누구든 반드시 그 사람이 생각하는 대로 인생을 살게 된다. 아니, 어쩔 수 없이 그렇게 되어 버린다.

실패하고 싶지 않다거나 실패하기 싫다는 등 실패만 생각하는 사람은 보기 좋게 실패만 하게 되며, 돈은 지저분한 것이라고 생각하는 사람 또한 보기 좋게 돈과는 인연이 없는 가난한 생활을 하게 된다. 또 노력하는 것이 괴롭다고 생각하는 사람은 그에 걸맞은 인생을 살게 되며, 도전해 봐야 어차피 소용없다고 생각하는 사람은 어차피 소용없는 일생을 보내게 된다. 가족보다 일이 중요하다고 생각하는 사람은 예외 없이 꽃을 사들고 집으로 달려가는 따위의 일은 하지 않으므로 부인으로부터 쌀쌀맞은 대접을 받고, 정년이 되어 회사를 그만두면 그 소중한 일을 잃게 되어 가슴에 휑하니 구멍이 뚫리게 된다.

아무리 생각해 봐도 인생은 자기가 생각하던 대로 되기 마련이다.

쉰, 예순이 되어 '내 인생은 이게 아닌데' 하고 한탄하는 사람들이 의외로 많은데, 그런 사람들도 실은 자신의 생각대로 원치 않는 자신을 실현했을 뿐이다.

사람은 누구나 놀랄 정도의 자기실현 능력을 가지고 있다. 별로 달갑지 않은 자기실현을 원하지 않기 때문에 사람들은 자신을 바꾸고 싶어 한다. 참고로, 자신을 바꾸고 싶어 하는 사람은 또 생각대로 항상 자신을 바꾸고 싶어 하는 인생을 살게 된다.

맹세코 말하건대 생각만으로, 즉 논리두뇌만으로 아무리 자신을 바꾸려고 해도 그리 쉽게 자신이 바뀌지는 않는다. 분명 그렇게 단언할 수 있다. 왜냐하면, 그 사람 두뇌의 바탕에 깔려 있는 IRA(본능반사영역)는 자신이 그렇게 바뀌는 것을 원하지 않기 때문이다.

초콜릿을 무척 좋아하는 여자가 다이어트를 하기 위해 초콜릿을 먹지 않으려고 해도 초콜릿을 좋아하는 IRA의 기호는 바뀌지 않는다. 때문에 잠시만 방심해도 무심코 초콜릿에 손이 나가고, 필사적으로 억제하던 IRA의 욕구가 폭발하여 그 욕구의 지시를 받게 된다.

논리두뇌보다는 바탕에 깔려 있는 IRA가 더 급진적이고 더 강한 에너지를 가지고 있으므로, 자신의 IRA와 상충하는 의지는 힘을 발휘하지 못하는 법이다. 성격적으로 의지가 약한 것이 아니라 자신의 IRA에 반대되는 것을 하려고 하기 때문에 의지가 약해지는 것이다.

세상에는 아무리 노력하려 해도 안쓰러울 정도로 노력하지 못하는 사람이 있다. 아무리 성공하고 싶어 해도 성공하지 못하는 사람이 있으며, 진정으로 돈을 모으고 싶어 하는데도 웬일인지 돈을 모

으지 못하는 사람도 있는데, 이 또한 그 사람의 논리두뇌가 자신의
IRA와 상충하는 것을 원하는 데에 그 원인이 있다.

이 IRA가 자신이 생각하는 대로, 원치 않는 자신을 실현해 버리는
것이다.


## 누구나 무의식중에 PTSD(부상 후 스트레스 장애)에 걸린다


여기서 IRA란 무엇인지 다시 한 번 정리해 두자.

IRA(본능반사영역)란 대뇌 신피질(우뇌·좌뇌) 밑에 있는 원시적
인 두뇌로, ① 생명 유지나 스트레스 반응(자율신경 및 호르몬 분비)
을 조절하는 뇌간과, ② 본능이나 감정이 생기고 잠재적인 기억이
저장되는 대뇌 변연계라는 두 부분으로 이루어진 무의식 영역을 가
리킨다.

이 영역의 중요한 특징을 들자면,


• IRA는 무의식의 영역이기 때문에 의식적인 의지의 힘으로는 마음
대로 움직여지지 않는다
• 이치적인 논리가 통하지 않는다

- 과거의 기억 데이터가 축적되어 있다

- IRA에 입력되는 정보는 편도핵에서 쾌감과 불쾌감으로 판별되는데, 쾌감은 편안함과 플러스적 감정으로 기억되고 불쾌감은 스트레스와 마이너스적 감정으로 기억된다

- IRA가 출력하는 정보에는 반드시 감정이 수반된다

- 논리두뇌는 이러한 IRA의 기억 데이터를 바탕으로 사물을 판단한다

- IRA는 연상력을 발휘하는 우뇌와 강하게 연결되어 있어, IRA에 마이너스적 감정이 생기면 우뇌에 마이너스적 이미지가 연상되어 좌뇌가 플러스적 사고를 할 수 없게 된다

- 반대로 플러스적 감정이 생기면 쉽게 플러스적 사고를 할 수 있다

이러한 IRA의 특징을 잘 이해할 수 있는 예를 하나 소개하도록 하겠다.

한신대지진 이후, 도로 위를 달리는 트럭이나 버스의 조그만 진동만 느껴도 대지진 때의 광경이 되살아나 심리적 혼란 상태에 빠지는 PTSD(부상 후 스트레스 장애)라는 정신적 질환이 큰 문제로 대두되었다. 아직도 이 질환에 시달리는 사람들이 적지 않은데, 그 사람들의 경우에는 대지진을 체험하고 난 후 지면의 흔들림이 엄청난 공포를 동반하는 불쾌감으로 IRA에 입력되어 있다. 따라서 집 앞길로 트럭이 지나갈 뿐 전혀 위험하지 않다는 사실을 마음으로는 알고 있지

만, 그런 논리가 통하지 않는다. 이럴 때는 반사적으로 IRA가 반응함으로써 지진의 공포(마이너스적 감정)가 되살아나, 대지진이라는 이미지를 우뇌에 만들어내는 것이다.

이 이미지 때문에 뇌간이 즉각 스트레스 반응을 일으켜 땀이 나거나 심장이 두근거리는 심리적 혼란 증상이 나타난다.

PTSD란 베트남전쟁에 참전한 미국병사들 중에 귀국 후 다양한 정신적 증상에 시달려 사회적으로 적응하지 못하는 경우가 발견됨으로써 알려진 질병이다. 요즈음에는 전쟁경험뿐만 아니라 교통사고나 강간, 유아학대 등 과거의 심리적 충격이 원인이 되어 일어나는 정신적 증상에 이 병명이 널리 이용되고 있다.

이렇게 이야기하면 정신과 의사들이 이의를 제기할지 모르지만, 사실 우리는 모두 PTSD라는 질병에 걸려 있다.

## 인간은 무의식 속의 두뇌가 만드는 인생각본대로 살아간다

예를 들면, 지금까지 신상품을 개발해서 한 번도 히트한 적이 없는 회사의 사장은 상품이란 원래 잘 팔리지 않는 것이라고 생각한다.

예전에 상품이 잘 팔리지 않았던 불쾌감이 정신적 충격이 되어,

힘들게 개발한 신상품에 대해서도 잘 팔릴 것이라는 플러스적 감정을 갖지 못하고, 산더미 같이 쌓이는 반품이나 재고와 같은 마이너스적 이미지만 떠올리는 것이다.

그로 인해 논리두뇌가 위험을 회피하려는 발상을 하기 때문에 강력한 판매 전략을 전개하지 못하게 되고 영업비용이나 광고비를 삭감하게 되며 그 결과 정말로 팔리지 않는 상품이 되어, 자기네 상품은 잘 팔리지 않을 거라는 생각이 보기 좋게 실현되고 마는 것이다.

농담이 아니라, 무의식적으로 상품이란 원래 잘 팔리지 않는 것이라고 생각하는 사장이나 영업사원이 세상에는 많이 있다. 스스로 팔리지 않을 거라고 생각하는 상품을 억지로 팔려고 한다면 그 노력은 괴로움이 될 수밖에 없을 것이다.

반대로 히트상품으로 대박을 터뜨린 경험이 있는 회사 사장은 잘 팔렸다고 하는 쾌감의 심리적 충격을 받은 적이 있어, 상품 판매에 대한 플러스적 감정과 플러스적 이미지를 가지고 있다.

잘 팔릴 것이라고 생각하기 때문에 투자하는 자금도 커지고 팔리지 않을 거라고 생각하는 회사 사장보다 더 열성적으로 팔려고 노력하기 때문에, 설사 같은 상품이라 하더라도 그런 회사 상품보다는 분명 잘 팔린다.

상품개발 담당직원들도 팔리지 않으면 골치 아프다고 하는 중압감보다는 좀 더 잘 팔릴 수 있는 상품을 만들자고 하는 동기부여로 일을 하기 때문에, 중압감에서 오는 스트레스 상태에서 일하는 사람보다 당연히 상품 자체도 훨씬 우수한 제품을 개발할 가능성이 높아지는 것이다.

이런 식으로 조직이나 사람 모두 PTSD, 즉 부상 후 스트레스 장애에 걸려 있다.

IRA에 쾌감이라는 부상을 입은 조직이나 사람은 꿈과 소망을 실현할 수 있는 보다 유익한 PTSD에 걸리게 되고, 불쾌한 부상만 잔뜩 입은 조직이나 사람은 자신도 모르는 사이에 꿈이나 소망과는 정반대의 일을 실현시키는 해로운 PTSD에 걸리게 된다. 이러한 IRA의 존재를 망각한 채 아무리 논리두뇌만으로 성공하려고 애써도 뜻대로 되지는 않는다.

즉, 인간은 IRA에 저장된 정보대로 인생을 살게 된다. 여러분이 알지 못하는 사이에 IRA가 여러분의 인생각본을 만들고 있다고도 할 수 있을 것이다. 자신의 틀을 깨뜨린다는 것은 이러한 IRA의 성질을 바꾸는 것이다.

## 인생을 바꿀 기회는 언제나 외부로부터 찾아온다

우리는 자기 뜻대로 인생을 산다고 생각하지만, 사실은 IRA라는 또 하나의 자신이 만든 인생각본을 무의식적으로 연출하는데 지나지 않는다. 설마 그럴 리가 있느냐고 의구심을 가질지 모르지만, 여러분의 인생을 뒤돌아보면 분명히 그렇다는 것을 깨닫게 될 것이다.

여러분은 과연 자신이 원하는 인생을 살아 왔는가? 또 자신이 원하는 대로 현재를 살고 있는가? 상당한 용기를 필요로 하는 질문이지만, 한 번쯤은 용기를 내어 스스로에게 이런 질문을 던져 볼 필요가 있다. 그렇지 않으면 IRA가 여러분의 소망과는 거리가 먼 인생을 만들어 버린다.

현재 여러분이 인생의 목적을 가지고 있지 못하거나 삶의 보람을 느끼지 못한다면 20년이나 30년 후에도 마찬가지로 인생의 목적도 없이 평소의 일에 쫓기면서 실속 없는 나날을 보내고 있을 거라고 단언할 수 있는 것도 바로 이 때문이다.

사람은 누구나 열심히 살고 있으며, 아주 진지하게 노력하고 있다는 것은 틀림없는 사실이다. 사원교육을 위해 기업들을 돌아다니다 보면 모두들 진지하게 노력하는 모습을 보고 감동하는 경우가 있는데, 그럴 때마다 인간이란 참 쓸 만한 존재라는 걸 느낀다.

그러나 그런 진지함이 너무 힘들고 괴롭다는 것이 마음에 걸린다.

인간의 두뇌는 과거의 기억 데이터를 바탕으로 사물을 판단하기 때문에, 히트하지 못한 상품만 팔아온 회사의 사장이 상품 판매에 대해 플러스적 감정이나 플러스적 이미지를 가질 수 없듯이, 지금까지 살아오면서 성공의 기쁨을 맛본 경험이 별로 없는 사람들은 진지한 노력에 대해 플러스적 감정이나 플러스적 이미지를 가지지 못하게 되어 있다.

그런 사람들은 기회 있을 때마다 괴롭다거나 힘들다, 싫다, 일이 꼬인다는 등의 불쾌한 정보들만 IRA에 입력한다. 플러스적 사고를 하여 어려움을 극복하려고 해도 의지와는 관계없이 자꾸 그런 부정적인 감정만 생기고, 그런 경향이 완전히 두뇌 습관으로 굳어져 버리기 때문에 IRA는 더욱 뜻대로 움직여지지 않는다. 따라서 스스로 진지하게 노력할 수 있는 사람과는 아무래도 그 진지함의 정도에 차이가 생길 수밖에 없다.

그러나 이런 IRA도 근본적으로 바뀔 수가 있다.

- 큰 병을 앓고 자신의 죽음에 대해 심각하게 생각할 때
- 훌륭한 인생의 스승을 만났을 때
- 인생의 밑바닥으로 떨어졌을 때

자신을 바꿀 기회는 언제나 외부로부터 찾아온다.

## 논리두뇌에 의존해 살면 훌륭한 사람을 만나지 못한다

3년 전, 여자농구 일본 대표인 미키 사토미(三木聖美) 선수가 휠체어를 탄 한 청년과 함께 우리 회사를 찾아왔는데, 그가 바로 시드니 장애인올림픽에 휠체어농구 일본 대표선수로 참가했던 교야 가즈유키(京谷和幸) 씨였다.

내가 지도하고 있는 운동선수 중에는 앞을 보지 못하는 유도 선수 이나바 모토나리(稻葉統也) 씨와 같이 장애를 전혀 개의치 않고 씩씩하게 살아온 분도 있으므로 장애인은 불행하다는 편견은 나에게는 전혀 없으며, 오히려 장애인들로부터 많은 가르침을 받기만 한다. 이런 사실을 깨닫지 못하고 사는 건강한 사람들보다 그들은 훨씬 밝고 알찬 나날을 살고 있는 것이다.

바로 얼마 전에도 어린이들의 꿈을 주제로 한 이벤트 '드림 팩토리'의 대회장에 이나바 씨가 유도복 차림으로 참석했다.

이 이벤트는 후지시와 후지노미야시의 가쿠난(岳南)법인이 주최한 행사로, 〈전문경영인 양성학교〉 학생이기도 하며 후지시에서 호텔을 경영하고 있는 안도 하지메(安藤肇) 사장이 이 법인의 임원을 맡고 있어, 나의 적극적인 권유를 받은 많은 운동선수들이 자원봉사자로 참석해 주었다.

오하시 회장이나 가와시마 선수는 물론이고 미키 선수, 탁구의 사토 모토코(佐藤素子) 선수, 사이클의 나카무라 히로시(中村浩士) 선수, 우리 회사의 에자키 후미코(江崎史子:서울 올림픽 유도 은메달) 등이 참석해 주었으며, 그밖에도 바르셀로나 올림픽 400미터 결승에 올랐던 다카노 스스무(高野進) 도카이대학 육상부 감독, 프로 테니스 일본 선수권 패자 모토무라 고이치(本村剛一) 선수, 시미즈 에스펄스의 기타지마 히데아키(北嶋秀朗) 선수, 여자배구의 오야마 가나(大山加奈) 선수 등이 영상편지로 어린이들에게 뜨거운 메시지를 보내 왔다.

평소 가까이에서 볼 수 없었던 운동선수들의 행동을 어린이들은 빛나는 눈빛으로 바라보고 있었으며, 가와시마 선수나 이나바 씨에게 덤벼들 때는 모두의 얼굴에 도전하는 기쁨이 넘치던 모습이 인상적이었다.

나중에 열린 위로 모임에서 가와시마 선수와 이나바 씨가 열심히 대화를 나누고 있었는데, 자세히 보니 가와시마 선수가 눈물을 흘리고 있었다. 그는 앞을 보지 못하는 장애를 극복하고 씩씩하게 살아가는 이나바 씨의 이야기에 감격하여, '나는 아직 멀었다'며 사나이의 눈물을 흘렸던 것이다.

오하시 회장도 놀랄 정도의 노력파인 그가 '나는 아직 멀었다'는 말을 하도록 만든 이나바 씨. 그렇다면 우리는 얼마나 많은 눈물을 흘려야 할까?

그러나 아쉽게도 논리두뇌로 인생을 생각하는 사람들은 좀처럼 감격할 줄 모르며, 자신의 외부에 존재하면서 자신을 크게 성장시켜 줄지도 모르는 훌륭한 사람을 만나지도 못하는 것이다.

## 자기중심적인 생각으로는 밑바닥의 고통을 벗어날 수 없다

늘 생각하지만, 장애를 안고 살아가는 사람들 중에는 유난히 밝고 착한 사람이 많은데, 그것도 늘 변함이 없다. 장애를 정면으로 받아들이고 극복하려고 한다면 기존의 자신을 깨뜨리지 않으면 안 되는데, 이는 지금까지 IRA에 입력되어 있던 과거의 기억 데이터를 기준으로 해서는 도저히 살아갈 수 없기 때문이다.

그 중에서도 교야 씨의 모습은 유난히 밝았다. 자신의 활약을 통해 장애인 스포츠를 널리 보급하고자 하는 커다란 목적을 가지고 열심히 살아가는 그 모습에 감격한 나는 그 즉시 교야 씨도 나의 소중한 스승의 한 사람으로 모시기로 했다.

교야 씨가 교통사고에 의한 제5흉추압박탈구골절로 중증 장애자가 되어 휠체어 생활을 하게 된 것은 1993년, 그의 나이 22살 때였다. 당시 교야 씨는 J리그 제프유나이티드 이치하라에 소속된 축구 선수로서 인기 미드필더로 이름을 날렸으므로 그의 이름을 아시는 분도 적지 않으리라 생각한다. 홋카이도(北海道) 출신으로, 축구를 시작한 것은 초등학교 2학년 때. 고교 시절에 일본 청소년 대표가 되었고, 3학년 때는 전국고등학교선수권대회에서 우수선수로 선발 되기도 하였으며, 고등학교를 졸업한 후에는 명문 후루카와전공(古 河電工)에 입사했고, J리그 출범과 함께 프로 계약을 맺고 1군의 대 표적인 선수로 활약하는 등, 어린이 축구선수라면 누구나 동경하는 화려한 경력을 쌓아 왔다.

그러던 그는 더욱 활약이 기대되던 22살의 나이에 축구선수의 생 명이라고 해야 할 다리의 자유를 한 순간에 잃고 만다. 나 같은 사람 은 그런 상황을 상상만 해도 온몸이 떨릴 정도이니, 교야 씨는 분명 밑바닥이라는 따위의 흔해빠진 말로는 표현할 수 없을 정도의 깊은 절망감을 느꼈을 것이다. 결혼식을 앞두고 식장을 예약하러 가다가 당한 사고였다.

그런 교야 씨가 지금은 자신의 홈페이지에 운이란 만남이라는 내 말을 인용해서, '나의 인생은 그야말로 행운을 타고났다'고 쓰고 있다.

그는 '사고를 당했기 때문에 내 자신이 크게 성장할 수 있었다'고 말하기도 한다.

평생의 꿈을 앗아가고 어쩔 수 없이 휠체어 생활을 하게 만든 사고, 그 사고마저도 자신에게는 운이 좋았다고 하는데, 어떻게 그는 그런 뜻밖의 말을 할 수 있을까?

"만약 사고를 당하지 않았더라면 지금 나는 어떻게 되어 있을까 생각해 본 적이 있습니다. 프로 축구선수로 열심히 활약하고 있을까? 아니면 일본 대표선수로 월드컵에 참가했을까? 전혀 아닐 거라고 생각해요. 솔직히 축구선수 시절 나는 완전히 자기중심적이었고 내 멋대로 행동했으며 오만방자했었지요. 다른 사람을 인정하지 않았고 칭찬해 주지도 않았으며, 무슨 일이든 나를 중심으로 해야 한다는 생각밖에 하지 못했으니까, 일류 선수가 되기는 아마 어려웠을 거예요"

인생의 밑바닥까지 떨어진 사람들은 대체로 두 가지 반응을 보인다.

하나는 그 불행을 남이나 주위 사람들 탓으로 돌리거나 회사 탓으로 돌리고 원통해하거나 슬퍼하는 반응이고, 다른 하나는 밑바닥에서 자신을 다시 돌아보고 그 밑바닥을 극복하기 위해 자신을 바꾸어 나가는 반응인데, 교야 씨는 인생의 밑바닥에서 지금까지의 자신을 바꾸려고 열심히 노력했던 것이다.

밑바닥까지 떨어져 본 경험이 없는 사람은 어려운 상황도 자신의 능력으로 바꿀 수 있을 거라고 착각하지만, 혼자서는 어려운 상황을

절대로 바꿀 수 없으며, 혼자서 바꿀 수 없기 때문에 그런 어려움이
우리 앞을 가로막는 것이다.

바꿀 수 있는 것은 상황이 아니라 자신뿐이다.
자신을 바꿈으로써 상황도 바뀐다는 것이
어려움이라는 존재의 성질이다.

사고를 당한 후 교야 씨는 축구선수 시절과 같은 사고방식만은 절
대로 취하지 말자고 끊임없이 스스로에게 타일렀다고 한다.

"무조건 남을 인정해 주고 칭찬해 주고 누군가를 위해 노력하자
고 생각했죠. 휠체어농구를 시작했을 때도 남을 인정해 주자, 칭찬
해 주자, 겸손해지자는 생각만 하면서 지내 왔어요. 그렇게 하다 보
니까 그게 마침내 습관화되어 어느새 자연스럽게 남을 인정할 수 있
고 칭찬해 줄 수가 있으며 누군가를 위해 뭔가를 해 주자는 생각을
할 수 있게 되었습니다"

교야 씨의 이 말에는 우리가 자신을 바꾸기 위해 무엇이 필요한가
하는 중요한 힌트가 숨어 있다.

대부분의 사람들이 숙명적으로 자기중심적인 IRA를 가지고 있는
데, 우리의 IRA는 자신의 호·불호와 쾌감·불쾌감만을 기준으로 사
물을 판별하기 때문에 아무래도 자기중심적이 되기 쉽다. 그러나 그

런 자기중심적인 두뇌로는 밑바닥의 어려움을 극복할 수 없다는 것이 교야 씨가 우리에게 가르쳐주는 중요한 힌트이다.


## 밑바닥에서도 여러분을 도와줄 사람이 존재한다


인생의 밑바닥으로 떨어졌을 때 사람들의 반응에는 두 종류가 있다고 했다. 그 하나는 남의 탓으로 돌리고 자신의 불운을 한탄하는 형이고, 다른 하나는 그 상황을 스스로 받아들이고 극복하기 위해 자신을 바꾸어 나가는 형이다.

밑바닥까지 떨어지게 되면 처음에는 누구나 전자와 같은 반응을 나타낸다. 처음에는 자신의 불운을 저주해 보기도 하지만, 대부분의 사람들은 머지않아 이를 의연하게 받아들이게 되는데, 그렇게 하지 않으면 행복하게 살아갈 수 없기 때문이다. 보통사람들은 인생의 밑바닥으로 떨어지면 으레 남의 탓으로 돌리거나 상사나 회사의 탓으로 또는 아내나 사회의 탓으로 돌려 버리는데, 어떻게 그런 사람들이 그런 상황에서 어려움을 의연하게 받아들이고 자신을 바꿔 나갈 수 있을까? 그것은 보통사람들에게는 도저히 불가능한 일이다.

그런 일이 가능한 것은, 인생의 밑바닥까지 떨어졌을 때는 도움을 주는 사람이 반드시 나타나기 때문이다.

교야 씨의 경우에는 사고를 당한지 11일 만에 혼인신고를 한 부인이 바로 그 도움을 주는 사람이었다. 현역 유명 축구선수가 아닌 휠체어를 탄 전 J리그 축구선수와의 결혼을 선택한 부인이 교야 씨에게는 인생의 밑바닥에서 자신에게 도움을 주는 바로 그 사람이었던 것이다.

"언제나 곁에서 나를 격려해 준 아내가 있었기에 휠체어를 타고 생활해야 한다는 사실을 받아들이고 바로 사회 복귀를 위한 재활치료도 받을 수 있었지요. 아내를 만날 수 있었기 때문에 오늘의 내가 존재한다고 해도 과언이 아닙니다"

교야 씨는 이렇게 말하고 있다. '아내를 만날 수 있었기 때문에 오늘의 내가 존재한다' 이는 감사하는 마음을 나타내는 최상급의 표현이라고 할 수 있을 것이다.

인생의 밑바닥으로 떨어지면
반드시 도움을 주는 사람이 나타난다.

이 또한 인생의 법칙이다. 밑바닥이라고 하는 것은 자기 힘만으로는 더 이상 어찌 해볼 도리가 없는 상태이다. 그런 사실을 깨닫는다면 100% 예외 없이 도움을 주는 사람이 나타나며, 보다 못해 손을 내밀어 주는 경우도 있다. 뿐만 아니라, 그렇게 되면 주위에서 자신을 도와주고 있는 사람이나 묵묵히 도움을 주던 사람의 존재도 깨닫게 된다.

인간은 사람들과의 관계 속에서 살아갈 수밖에 없기 때문에 누구나 예외 없이 누군가의 도움을 받으면서 살아가고 있으며, 지금까지도 도움을 받으면서 살아 왔다. 또 그 도움을 주는 사람은 부인일 수도 있고, 부모나 친구, 직장 상사나 동료일 수도 있는데, 자신이 인생의 밑바닥으로 떨어지면 그런 사람들이 자신에게 얼마나 많은 도움을 주고 있는지, 자신이 그런 사람들에게 얼마나 많은 도움을 받아 왔는지 새삼 깨닫게 된다.

그렇게 되었을 때 감사함이라는 멋진 에너지가 샘솟는다. 22년 동안 그 튼튼한 다리로 영광을 쟁취해 온 사람이 한 순간에 다리를 잃고서도 절망으로부터 다시 일어서서, 이번에는 상반신을 이용하는 휠체어농구에 도전하여 장애인올림픽 일본 대표선수에 선발될 정도로 불굴의 에너지가 용솟음치는 것이다.

## 자신의 틀을 깨뜨리면 자신의 한계도 사라진다

60년 이상 인생을 살아 온 사람들이라면 공감할 수 있으리라 생각하는데, 사람은 언젠가는 반드시 밑바닥까지 떨어질 때가 있다. 플러스적 사고를 하려고 마음만 먹으면 무슨 일이든 잘 될 거라는 말은 완전한 거짓말이다. 밑바닥까지는 아니더라도 자신의 힘만으로는 극복할 수 없는 어려움에 봉착할 때가 반드시 찾아온다. 아무리 자기만은 다르다고 생각해도 젊었을 때는 누구나 밑바닥을 경험하게 되는데, 자기만은 다르다고 우쭐대는 사람은 반드시 깊고 깊은 밑바닥을 체험하게 된다.

그 밑바닥이란 사업 실패가 될 수도 있고 큰 빚이 될 수도 있으며, 도저히 라이벌을 따라잡지 못하고 절망감에 빠지거나 아무리 열심히 노력해도 성과가 없을 때, 구조조정이나 좌천을 당해 자신의 무력함에 분통을 터뜨릴 때일 수도 있다. 또 열심히 노력하지 못하거나 인생의 목적도 없이 빈둥빈둥 세월만 보내고 있는 자신에 대해 절망감을 느끼는 사람도 있을 수 있고, 교야 씨처럼 큰 사고나 암과 같은 중병으로 인해 밑바닥을 경험할 수도 있으며, 실연이나 이혼 때문에 밑바닥을 체험하는 사람도 분명 있을 것이다.

확실히 기억해 두기 바란다. 그럴 때는 그 밑바닥을 신의 선물로 받아들이고 이렇게 해 보자.

## 철저하게 절망을 맛본다.

이렇게까지 됐으니까 이제는 밑바닥을 치고 올라가는 일밖에 없을 거라는 안일한 희망은 갖지 않는 것이 좋다. 철저하게 밑바닥을 체험하게 되면 자신의 틀을 깨뜨릴 수 있는데, 이는 자신의 힘만으로는 한계가 있다는 사실을 밑바닥 체험이 가르쳐 주기 때문이다.

그러나 이 정도로는 밑바닥을 벗어날 수 없다. 자살하는 사람은 이 한계밖에 보지 못하기 때문에 그 힘든 밑바닥 체험을 피하기 위해 죽음을 선택하는데, 내 생각으로는 그런 사람은 아직 절망이 부족하기 때문에 자신의 틀을 깨뜨리지 못한 것이다. 만약 여러분이 죽고 싶을 정도로 힘들 때는 주위 사람들에게 눈을 돌려 보라. 주위에는 여러분에게 도움을 줄 사람이 반드시 있으며, 지금까지 여러분을 도와준 사람이 반드시 존재한다. 그러므로 이렇게 된다.

## 밑바닥 체험은 감사하는 마음을 가르쳐준다.

감사할 줄 알게 되면 사람은 더 이상 자기중심적이 되지 않는다. 감사할 줄 알게 되면 사람은 순수해지고 사물에 대한 불평불만이 사라지기 때문에 힘든 일이나 괴로운 일도 쉽게 극복할 수 있다. 또한 남을 위해 열심히 노력할 수 있으며 남으로부터 훨씬 더 많은 도움을 받을 수 있다.

이 정도만 해도, 감사할 줄 알게 되면 얼마나 멋진 에너지를 얻을 수 있는지 알 수 있을 것이다. 자신의 한계라고 하는 것은 원래 IRA에 축적된 과거의 기억 데이터가 만들어낸 심리적인 산물에 지나지 않기 때문에 그 한계도 깨지는 것이다.

진정으로 성공한 사람, 즉 사회적으로나 인간적으로 모두 성공한 사람들 대부분은 언젠가 한 번은 밑바닥까지 떨어졌다가 거기서부터 다시 성장해 온 경험이 있으며, 그 사람들은 예외 없이 감사함이라는 '마법의 지팡이'를 가지고 있는 것이다.


## 고마움을 알면 어째서 인생의 목적을 찾게 되는 걸까?


세상의 어느 종교나 도덕이든 모두 감사하는 마음의 중요성을 역설하고 있다. 우리가 귀찮게 느낄 정도로 감사라는 말을 자주 써 왔다. 바꾸어 말하자면, 우리 두뇌는 감사하는 마음을 너무 잘 잊는다는 의미이다. 인간이란 그만큼 자기중심적이고 자신의 힘만으로 살고 있다고 착각하기 쉬운 것이다.

그런데 종교에는 기도라는 해결 방법이 있다. IRA에 생긴 불안이나 걱정, 슬픔과 같은 마이너스적 감정을 해소하고 안도감을 얻기 위한 방법으로, 대부분은 양손을 합장하는 포즈를 취한다.

정신력 강화훈련을 할 때도 그렇지만, 신체적인 동작을 곁들이면 그 효과는 보다 확실해진다. 야구에서 투수가 위기를 맞으면 운동화 끈을 고쳐 맨다거나, 타자가 타석을 벗어나 배트를 휘둘러보는 것도, '안타를 맞지는 않을까?', '삼진을 당하지는 않을까' 하는 마이너스적 감정이 생겼을 때 불안감을 해소하기 위해 무의식적으로 이런 동작을 취하는 경우가 많다.

인생의 밑바닥까지 떨어지면 종교를 믿고 싶어지는 것도 꼭 신의 은총을 바라기 때문만은 아니다. 마이너스적 감정으로 인해 생기는 스트레스는 무척 견디기 힘들며 스트레스를 받으면 자신의 능력도 충분히 발휘할 수 없기 때문에 본능적으로 그 스트레스를 해소하기 위해 종교를 믿게 되는 것이다.

신에 대한 감사하는 마음은 최고의 해결 방법이다.

나는 항상, 사람이 성공할 수 있는 최선의 지름길은 두뇌가 성공에 대한 확신을 가지고 그 기쁨까지 생생하게 느낄 수 있는 '이미 성공한 상태(정신적 활력 상태)'가 되는 것이라고 이야기한다. 이를 모방하여 말하자면, 신에게 감사한다는 것은 이미 신의 가호를 받은

상태를 뜻하는데, 실제로 신의 가호를 받았느냐 아니냐를 떠나 신의
가호를 받는 기쁨을 자기 스스로 느끼는 것을 의미한다.

경건한 신앙을 가진 사람으로부터는 빈축을 살지 모르지만, 바로
이런 것이 감사 기도의 심리적 메커니즘이라고 생각한다. 그러나 그
결과로 멋진 기적을 얻을 수 있다. 하지만 기적이라고는 해도 공중
부양 같은 그런 기적이 아니라, 자신의 IRA를 바꾸어 지금까지의 인
생각본을 바꿀 수 있는 기적이 일어나는 것이다.

왜냐하면, 고맙다는 마음을 갖게 되면 아무리 부정적인 두뇌라 하
더라도 긍정적으로 바뀌고, 눈앞에 닥친 상황을 적극적으로 받아들
이기 때문이다.

우리의 IRA에는 보통 열심히 노력하여 개발한 상품에 대해서도
잘 팔리지 않을 거라는 식의 마이너스적 감정이나 마이너스적 이미
지가 생기고, 그러한 IRA가 진정한 우리의 소망을 이루는데 방해가
되어 왔으며, 그 때문에 우리는 열심히 노력하지 못하거나 그런 노
력을 오래 지속하지 못했고 자신은 원래 이렇다거나 어차피 헛수고
일 거라고 생각해 왔다.

**그러니까 자신만의 신(神)을 가져라.**

어머니한테도 좋고 부인한테도 좋으니까 감사하는 마음을 가져

라. 그러면 밑바닥이라는 최악의 불쾌감마저도 긍정적으로 바뀐다.

또한, 부정적인 두뇌로는 절대로 느낄 수 없는 인생의 목적이나 삶의 보람도 자연스럽게 느낄 수 있게 된다.

감사하는 마음을 알게 되면 어떤 일들이 일어나는지 여기서 다시 한 번 열거해 보자.

- 감사하는 마음을 알게 되면 자기중심적이 되지 않는다
- 감사하는 마음을 알게 되면 순수해질 수 있다
- 감사하는 마음을 알게 되면 사물에 대한 불평불만이 사라진다
- 감사하는 마음을 알게 되면 자신의 고통이나 괴로움은 대수롭지 않게 느껴진다
- 감사하는 마음을 알게 되면 무슨 일이든 기쁨을 느낄 수 있다
- 감사하는 마음을 알게 되면 남을 위해 노력하게 된다

기왕에 덧붙이자면,

- 감사하는 마음을 알게 되면 넉살좋게 꽃을 사들고 아내에게 달려가게 된다
- 감사하는 마음을 알게 되면 아내에게 잔소리를 들어도 화가 나지 않는다

# 성공한 사람과 같은 적극적인 두뇌를 갖는 방법

성공한 사람들은 나이가 들수록 세상을 위한다거나 남을 위한다는 쑥스러운 말을 스스럼없이 하게 된다고 앞서 설명했는데, 그렇게 쑥스러운 말을 하면서도 70이나 80까지 정정하게 일선에서 일하는 사람들이 많다.

그런 사람들의 두뇌는 도대체 어떻게 되어 있을까? 그들은 이미 성공을 했기 때문에 자신의 인생에 대해 놀라우리만큼 긍정적이다. 성공을 하기 위해서는 사람들의 도움이 필요하기 때문에, 이미 성공한 그들은 감사하는 마음을 잘 이해하고 있으며 감사할 줄 아는 능력이 대단히 높다.

내가 아는 사람들 중에도 스스로를 뽐내는 사람은 한 사람도 없다. 그들은 자신의 능력은 다른 사람과의 관계 속에서 생긴다는 것을 잘 알고 있으며, 사람들과의 관계를 대단히 소중하게 여긴다. 그래서 사회적으로나 인간적으로 더욱 성공하여 진정한 성공인으로서 행복한 일생을 가꾸어 나가는 것이다. 그런 성공한 사람들의 인생은 자신과는 거리가 멀다고 생각하는 사람이 있다면 그것은 터무니없는 착각이다. 이런 진정한 성공인과 우리와의 사이에는 종이 한 장의 차이밖에 없는 것이다.

사물에 대해 IRA가 긍정적인가 그렇지 않은가 하는 차이가 있을 뿐이다.

그 IRA를 긍정적으로 만들어주는 '마법의 지팡이'가 바로 감사하는 마음이다. 감사할 줄 알게 되면 우리는 가만히 앉아서 성공한 사람과 똑같은 IRA를 가질 수 있다.

하지만 감사할 줄 알게 되었다고 해서 여러분이 장차 크게 성공한다고는 물론 장담할 수 없다. 나는 교주가 아니므로 그런 말은 하지 못한다. 그러나 이것만은 장담할 수 있다.

감사할 줄 아는 사람은 그렇지 못한 사람보다
행복해질 수 있다.
어떠한 상황 하에서도 적극적으로 대응할 수 있기 때문에,
사회적으로나 인간적으로도
보다 큰 성공을 거둘 수 있다.

그렇다면 어떻게 해야 감사하는 마음을 가질 수 있을까? 그렇다고 감사하는 마음을 일부러 가지려는 생각은 절대 하지 말기를 바란다. 무리하게 감사하는 마음을 가지려 한다 해도 그런 어처구니없는 일이 가능할 리 없으며, 고맙다는 말을 잠깐 떠올리기만 하면 된다. 거짓으로라도 그런 생각을 떠올리기만 하면 누구나 가능하며, 자꾸

그렇게 반복하다 보면 그런 마음이 IRA에 축적되어 저절로 고맙다는 생각이 들게 되고 마침내 진짜 감사하는 마음이 솟구친다.

"휠체어농구를 시작하고 나서도 사람들을 인정해 주자, 칭찬해 주자, 겸손해지자, 이런 생각만 하면서 지내 왔습니다. 마침내 그것이 습관화되어 어느새 저절로 남을 인정할 수 있게 되고 칭찬할 수 있게 되었으며, 누군가를 위해 무언가 노력하려고 생각할 수 있게 되었지요"

교야 씨는 특별한 사람이니까 그게 가능했다고 생각하지 말고, 우선 이런 중요한 교훈을 가르쳐준 교야 씨에 대해 고맙다는 생각을 가져보자. 만약 그렇게 할 수만 있다면 여러분의 IRA는 이미 감사하는 마음을 한 가지 기억하게 된 것이다.

아무리 해도 안 될 때 필요한
마법의 지팡이

# 철저하게 포기하라

제 5 장

## 눈앞의 성공이나 실패보다 훨씬 중요한 것

내가 능력개발에 대한 일에 종사한지 30년이 되었다. 수많은 경영인들과 비즈니스맨, 운동선수들을 지도해 왔지만, 지금까지 단 한 번도 입 밖에 내지 않은 말이 하나 있는데 그것은 '포기하라'는 말이다.

성공이란 99%의 실패를 바탕으로 이루어지는 1%이다. 이는 틀림없는 사실이다. 전구를 발명한 에디슨은 발광체 필라멘트로 쓸 수 있는 물질을 찾아내기 위해 전 세계로부터 4천여 종의 물질을 수집하여 하나하나 실험을 통해 확인해 나갔다. 당연히 실패의 연속이었다. 2천 번 정도 실패를 거듭하자 보다 못한 주위 사람들이 이제 그만 포기하라고 충고했는데, 이 충고에 대해 에디슨은 이렇게 대답했다.

"이 가운데 반드시 내가 찾는 물질이 있어. 벌써 절반이나 확인했으니까 이제 곧 찾아낼 수 있을 거야"

그의 두뇌는 2천 번이나 되는 실패를 실패라고 생각하지 않고, 이미 2천 가지나 확인했다고 하는 성공으로 받아들이고 있었다. 그렇게 단조로운 실험을 계속 반복하다가 그는 결국 교토에서 들여 온 대나무를 이용하여 전구를 완성하였다.

이 일화는 전에도 책으로 쓴 적이 있다. 성공과 실패를 생각하는

데 있어 지극히 이해하기 쉬운 이야기여서 강연할 때도 자주 인용하여 소개하는데, 이야기의 결론은 세상에 실패라는 것은 존재하지 않는다는 것이다. 스스로 실패라고 인정하고 포기하는 순간부터 실패는 시작되는 것이다. 그래서 나는 포기하라는 말을 한 적이 한 번도 없다.

진지하게 사물을 대하는 사람에게는 실패는 존재하지 않는다.

예를 들면, 아무리 강한 권투선수라도 시합에서 질 수 있다. 오하시 회장처럼 세계 챔피언이 되었다고 해도 영원히 그 자리를 지킬 수는 없으며, 언젠가는 누군가에게 져서 링을 떠나야 하는 날이 찾아온다. 영원히 지지 않는 챔피언은 존재하지 않는다는 것이 경쟁의 원칙이다.

경쟁사회에서는 아무리 우수한 사람이라도 언젠가는 패하기 마련이다. 다른 사람에게는 지지 않을지라도 노화나 죽음이라는 가능성의 한계에 직면할 때가 분명 찾아온다. 이긴다고 하는 우월성의 가치관이나 자기 자신만 기쁘게 하는 행복을 추구하는 인생관밖에 가지고 있지 않은 사람은, 그런 한계에 직면할 때 자신의 버팀목이 되어 줄 만한 것이 아무 것도 없다는 사실을 깨닫게 된다. 그리고는 결국 다시 일어설 수 없을 정도의 번아웃을 경험하게 되고 가슴에도 휑하니 구멍이 뚫리게 된다.

패배라는 체험은 반드시 실패라고 할 수만은 없다. 챔피언 벨트를 빼앗긴 오하시 회장이 그 때 실패했다고 생각하는 것은 잘못이다. 시합에서는 졌을지 모르지만 초등학교 시절부터 하루 한 끼만으로 버티며 열심히 권투에만 매달려온 경험이 소중한 재산으로 남아 있다. 가혹한 훈련이나 목숨을 건 시합을 통하여 배운 것과 그 자신감이 인간으로서의 실력과 도구로 확실하게 남게 되며, 그러한 것들이 이제는 가와시마 선수와 같은 후진 지도는 물론 그 후의 인생에 많은 보탬이 되는 것이다.

**결과에 관계없이
열심히 노력하는 과정에 실패는 없다.**

열심히 노력해 보지도 않고 포기하기보다는 포기하지 않고 끝까지 열심히 노력하는 편이 훨씬 좋은 결과를 얻을 수 있고, 다양한 능력을 키울 수 있으며 정신적으로도 성장할 수 있다. 이것이 운동이나 비즈니스와 같은 경쟁사회에서 열심히 싸우는 사람과 그렇지 못한 사람을 줄곧 보아 온 내가 내린 결론인데, 눈앞의 결과에만 현혹되어 있으면 이런 중요한 포인트를 놓치게 된다.

그래서 결코 포기하지 말라고 30년 동안 계속해서 주장해 온 것이다.

# 인생의 목적을 찾지 못하는 사람을 위한 결정적인 방법

앞 장에서 나는 인생의 목적을 찾을 수 있는 방법인 '마법의 지팡이'로, ① 죽음을 생각해 본다, ② 스승을 찾아낸다, ③ 감사하는 마음을 갖는다, 이 세 가지를 제안했다. 그래도 아직 인생의 목적이나 삶의 보람을 찾지 못한 사람들을 위해 이제 비장의 카드를 제시하고자 한다.

그것은 바로 '포기하라'는 제안이다.

- 인생의 목적을 찾지 못한다면 그런 일은 그만두어라

- 열심히 노력하지 못한다면 그런 노력은 그만두어라

- 어차피 진지하게 노력할 수 없다면 그런 노력은 하지 마라

- 진정으로 성공하고자 하는 마음이 없다면 그런 생각은 하지 않는 것이 좋다

포기하라.

그것도 철저하게 포기하라.

## 포기함으로써 감동과 감사, 감격하는 마음을 찾는다

포기하는 것의 장점 중의 하나는, 이미 포기한 사람은 더 이상 게으름 피우거나 일을 게을리 하지 않아도 된다는 것이다. 아니, 게을리 할 수 없게 되는 것이다.

목적이나 목표도 없는 사람이 게으르다고 하는 것은 올바른 표현이 아니다. 게으름을 피운다는 말은 목표가 있는 사람이 그 목표를 달성하기 위해 해야 할 일을 소홀히 했을 때 써야 하며, 섭섭하지만 목표가 없는 사람에게는 게으름을 피우는 기쁨도 맛볼 수 없다.

사회적으로 크게 성공한 사람에서부터 비즈니스맨, 운동선수, 또 수험생에 이르기까지 여러 사람들을 접해 보고 정말 흥미롭게 느낀 것은, 사람은 누구나 스스로를 게으름뱅이라고 생각한다는 사실이다. 무식할 정도로 엄청난 노력을 통해 오늘날의 지위를 쟁취해 온 성공한 사람들이나 남들보다 훨씬 많은 연습량을 소화해 내는 운동선수들도 이상하게 스스로를 게으름뱅이라고 생각한다.

게으름뱅이는 결코 비하할 대상이 아니다. 인간은 누구나 열심히 노력하려는 성질과 게으름을 피우려는 성질 모두를 가지고 있다.

그러나 자세히 살펴보면, 성공한 사람들이나 일류 운동선수들은 놀라우리만큼 능숙하게 게으름을 피운다. 게으름을 피울 때는 철저하게 게으름을 피우며, 마음 한편으로 일을 해야 한다거나 연습을 해야 한다는 생각을 하면서 게으름을 피우는 일은 없다. 그런 생각은 완전히 접어 두고 실컷 논다. 그 결과, 일단 일이나 연습을 시작하면 믿기지 않을 정도로 그 일에 집중할 수 있는 것이다.

잘 포기하지 못하는 사람들은 게으름을 피우는 동안에도 자기가 해야 할 일이 머릿속을 떠나지 않으며, 그럼으로써 게으름 피우기도 힘들어지고 게으름을 피우는 기쁨도 느낄 수 없게 된다. 그러나 완전히 포기해 버리면 아쉬워하거나 후회하지 않게 되므로 어떤 의미에서는 성공한 사람이나 일류 운동선수와 똑같은 정신상태가 되어 기분 좋게 게으름을 피울 수 있다.

"좋아, 그렇다면 철저하게 게으름을 피우면서 일이나 연습에 집중하자"

이미 포기한 사람은 그런 식으로 생각해서는 안 된다. 물론 일도 하지 않으면 먹고살 수 없으니까 할 수 없이 일을 하긴 하자. 그러나 그럴 때도 훌륭한 일을 하자거나 상사에게 좋은 평가를 받자는 등 집착을 갖고 노력하게 되면 완전히 포기할 수 없게 된다.

그렇게 해서 어쩌다가 성공을 하면 그 기쁨이 IRA(본능반사영역)에 입력되기 때문에 또 다시 성공하고 싶어지므로, 그런 곤란한 사태가 일어나지 않도록 하기 위해서는 가능하면 움직이지 않고, 스스로 나서서는 아무 일도 하지 않는 것이 상책이다.

하지만 인간은 참 이상한 존재로, 전혀 행동하지 않고 있으면 점점 움직이고 싶어진다. 일을 하지 않으면 안 된다는 스트레스와 연습을 게을리 한다는 마이너스적 감정에서 해방되었기 때문에, 두뇌가 긍정적으로 바뀌고 몸이 근질근질해지는 것이다.

우리 마음은 항상 한쪽에서 다른 한쪽으로 왔다 갔다 한다는 시계추의 원칙을 앞서 소개하였다. 모든 걸 포기하고 아무 것도 하지 않으면, 이번에는 공연히 움직이고 싶어지며 행동하고 싶어 견딜 수 없게 된다. 사람은 게으름을 피워도 싫증이 나고 아무것도 하지 않고 있어도 싫증을 느끼게 되는 것이다.

그럴 때 '노력이라도 좀 해 볼까?' 하고 기특한 생각을 하는 사람은 아직 완전히 포기하지 못한 사람들이다. 그런 식으로 철저하게 포기할 줄도 모르기 때문에 열심히 노력도 할 수 없게 된다.

**사람의 마음은**

**무언가를 철저하게 했을 때 달라질 가능성이 있다.**

몸이 근질근질해져도 함부로 일하거나 연습하는 척은 하지 말아야 한다. 깨어 있으면 자꾸 움직이고 싶어지므로 얼른 잠이나 자는 것이 상책이다. 그리고 이튿날에는 날이 밝기 전에 일어나 동네의 산에라도 올라가 보길 바란다.

당대에 성공을 거둔 사람들에게 성공한 원인이 무엇인지 질문을 하고 답을 받은 적이 있는데, 설문지를 집계해 보고 나는 깜짝 놀랐다. 뜻밖에도 '아침에 일찍 일어났기 때문'이라고 대답한 사람이 가장 많았던 것이다.

옛말에 '아침 일찍 일어나기만 해도 서 푼은 번다'고 했는데, 그 서 푼도 매일 저축해 가면 큰돈이 된다. 매일 한 시간 일찍 일어나 신문 한 부를 다 본다면 당연히 그 정보량에서도 일 년 동안 엄청난 차이가 날뿐만 아니라, 여유를 가지고 하루를 시작할 수 있다는 점도 중요한 의미를 가진다.

그러나 완전히 포기한 사람은 절대로 아침 일찍 일어나 신문을 읽거나 하루의 스케줄을 생각하지 않는 것이 좋다. 그보다는 아무 의미를 갖지 말고 산에 올라 정상에 서서 동쪽 하늘을 황금빛으로 물들이며 솟아오르는 아침 해를 맞이해 보기 바란다.

대자연의 신비한 아름다움을 바라보면 우리의 IRA는 감동하게 되어 있다. 좀처럼 감동하지 못하는 사람도 이런 장면을 보면 쉽게 감동하고 만다.

여름휴가 때 바다나 산에서 해 뜨는 모습을 바라보고 마음속이 맑아지는 느낌을 경험한 사람이 적지 않을 것이다. 마음속 어디가 맑아지는가? 대자연에게는 통하지 않는 인간의 논리라는 것이 깨끗해진다. '나는 노력을 하지 못해서 틀렸다'거나 '목표를 달성하지 못할 것 같다', '난 하찮은 일을 하고 있다'고 생각함으로써 IRA에 생겼던 마이너스적 감정이 깨끗이 씻겨 내려가는 것이다.

따라서 자연 속에 있으면 사람은 형용할 수 없는 쾌감을 느끼는 것이다. 한 해의 첫 해돋이를 맞는 풍습도 마음이 깨끗해진 상태에서 새해를 맞이하고자 하는 지혜이며, 정신력 강화훈련 식으로 말하자면 훌륭한 클리어링이 되는 것이다.

IRA가 감동하면 하찮은 논리는 사라진다. '고향 산을 바라보면 말을 잊게 된다'고 다쿠보쿠(啄木)가 노래한 그대로이다. 그러나 대부분의 사람들은 모처럼 대자연에 감동을 느껴도 그 자리를 떠나면 금방 잊어버리고, 성공이니 실패니 하는 논리의 세계로 돌아가 버린다.

하지만 여러분은 이미 완전히 포기했으므로, 더 이상 성공이나 실패와 같은 하찮은 일로 고민할 필요가 없기 때문에 마음속 깊이 감동하기 바란다.

- 대자연에 비한다면 자신은 얼마나 보잘것없는 존재인가?
- 나는 대자연이라는 거대한 생명 속에 살아 있는 존재에 불과하다
- 자신도 머지않아 죽어 그 생명 속으로 녹아든다
- 그렇다면 지금 이 생명을 어떻게 활용하면 좋을까?

감동한 두뇌는 지금까지의 논리와는 완전히 다른 수준에서 생각하기 시작한다.

▶ 감사의 마음을 찾는 방법

대자연 앞에서 감동하고 나면 그 다음에 찾아 갈 곳은 바로 무덤이다. 산에 갔다 돌아오는 길에는 꼭 성묘를 하고 오기 바란다. 부모님이 돌아가셨으면 부모의 묘에 성묘를 하고, 그렇지 않은 사람은 조상의 묘에 성묘하면 된다. 그러나 '이 묘를 다시 세우면 돈이 얼마나 들까?' 따위의 계산은 절대 피해주기 바란다. 그곳에 묻혀 있는 사람들의 생명이 자신에게도 이어지고 있다는 엄숙한 사실을 직시하도록 하자.

그 사람들 중 한 사람이라도 없었다면, 또는 그 중 누군가가 요절이라도 했다면 분명 여러분은 그 자리에 있을 수 없다. 까마득히 중복된 우연, 필연이라고밖에 할 수 없을 정도로 중복된 우연이 조합된 결과 우리는 이 세상에 태어났다. 그렇게 생각한다면 이 세상에 태어났다는 것만으로도 우리는 놀랄 만큼 재수가 좋다는 사실을 알 수 있다. 살아 있다는 것만으로도 엄청난 행운아인 것이다.

그러나 논리두뇌는 성공했느냐 실패했느냐, 돈이 있느냐 없느냐 하는 참으로 하찮은 일에 정신이 빼앗겨 이 엄청난 행운을 까맣게 잊고 있는 것이다.

거짓이라도 좋으니까 묘 앞에서 두 손 모아 그 행운을 음미해 보자. 여러분의 IRA가 달라질 기회가 거기에 있다. 그럴 때는 손을 모으는 포즈가 중요하다. 그렇게 손을 모으면 왠지 감사하는 마음이 샘솟고 이상하게도 고맙다는 느낌이 든다. 그런 것을 한 번도 해 본 적이 없는 사람은 설마 그럴 리가 없다고 생각하겠지만, 돌아가신 분에 대한 성묘이기 때문에 살아 있는 사람에게는 좀처럼 가질 수 없는 감사하는 마음이 솟아나는 것이다.

나는 17년 전에 돌아가신 어머니에게 하루에 한 번씩 기도를 드리고 있는데, 그렇게 하면 아무리 힘든 상황이라도 힘이 덜 들고 마음이 편해진다. 어머니가 가장 좋아하실 것이 무엇일까? 그것은 최선을 다하는 것이라는 생각이 드는 것이다.

### ▶ 감격하는 마음을 찾는 방법

산에 올라 크게 감동하고 성묘를 통해 감사하는 마음을 조금이라도 느꼈다면 여러분의 IRA는 상당히 긍정적으로 바뀔 것이며, 적어도 '꼭 성공해야 한다'거나 '만약 실패하면 어쩌지?' 하는 마이너스적 사고는 사라질 것이다. 머지않아 조상들과 함께 묘 속에 파묻혀 대자연으로 돌아갈 여러분에게는 눈앞의 성공이나 실패 따위는 더 이상 문제가 되지 않는다. '성공을 하건 실패를 하건 최선을 다해 살아보자' 분명 그런 플러스적 사고를 하게 될 것이다. 그렇다면 이제 아침 일찍 일어나 첫차를 타고 일터나 연습장으로 달려가자.

성공한 사람들에 대한 앞서의 설문에서 아침에 일찍 일어나는 것 다음으로 많았던 대답은 가장 먼저 출근했다는 것이었다. 일찍 출근하면 많은 일을 할 수 있다는 장점도 있지만, 그 이상으로 중요한 것은 주위 사람들로부터 의욕이 있다는 평을 듣게 되는 것이다.

인간이라는 동물은
주변으로부터 평가받은 대로의 인간이 되려고 하며
어느새 그렇게 되어 간다.

그러나 부디 부탁하건대, 절대로 승진하기 위해 열심히 일을 하자거나 자신의 연봉 인상을 위해 연습하자는 생각은 하지 말아야 한다.

왜냐하면, 여러분은 이미 한번 철저하게 포기한 경험이 있다. 따라서 자신은 보잘것없는 존재이며 주위 사람들의 도움으로 살아가고 있다는 사실을 절실히 느꼈을 것이다. 여러분이 최선을 다하는 것은 더 이상 자신의 욕망이나 우월성에 대한 욕구를 충족시키고 싶어서가 아니다.

우월성에 대한 욕구는 인간의 본능이라고도 할 수 있기 때문에 그리 쉽게는 사라지지 않는다. 그런 욕구는 여전히 남아 있을 것이다. 그러나 감동으로 가슴이 벅차고 감사하는 마음을 알고 일단 완전히 포기했다가 다시 일어선 사람은 아무리 힘들어도 더 이상 자기 혼자만의 행복을 위해 노력하지는 않는다. 자신이 얼마나 주위 사람들의 도움을 받으며 일을 하고 있는지, 얼마나 주위 사람들의 도움을 받으며 살고 있는지 너무나 잘 알기 때문이다.

지금까지는 '뭐야, 저 녀석', '저 녀석 때문에 일이 제대로 되지 않는다'고 생각하던 사람이 자신을 얼마나 많이 도와주었는지 깨닫게 되며, 믿기지 않겠지만 여러분 자신 또한 누군가에게 도움을 주고 있었다. 이러한 사실에 감동하지 못하고 감격하지 못하는 사람은 아직도 제대로 포기할 줄 몰라 논리두뇌로밖에 사물을 바라보지 못하는 사람이다.

감격이란 감정의 강한 떨림이다. 따라서 감격도 강한 스트레스가 된다. 그러나 감격은 위기관리를 위해 두뇌활동을 억제하는 불쾌한 스트레스가 아니라, 반대로 쾌감 쪽으로 치우친 스트레스이기 때문에 두뇌 전체가 흔들리고 몸과 마음이 순식간에 활성화된다.

영화나 텔레비전 드라마를 보고 감동하거나 감격한 후 자신도 그 주인공과 똑같이 행동해 보고 싶어졌던 경험이 아마 여러분에게도 있을 것이다. 아니, 무의식적으로 주인공처럼 행동하는 경우가 많다. 그래서 사랑하는 사람과는 사랑을 주제로 한 영화를 보러 가게 되고, 액션 영화를 본 후에는 자신도 모르게 완력을 휘두르고 싶어지는 것이다. 감격한 사람에게는 반드시 실행력이 샘솟는다.

## 실력의 차란 실행력이 있느냐 없느냐의 차이일 뿐이다

감사와 감동과 감격, 이 세 가지를 내가 지도하는 초능력 두뇌훈련에서는 실행력을 키우기 위한 세 가지 요소라고 가르치고 있다.

세상에서는 흔히 실력이 있느냐 없느냐 따지지만, 곰곰이 생각해 보면 실력이라고 하는 것은 사실 어디에도 존재하지 않는다. 그것은 논리두뇌가 만들어낸 개념으로, 냉정하게 생각해 보면 기껏해야 처리능력의 집합체에 지나지 않는다. 바꾸어 말하자면, 지금까지 어떠한 경험을 축적해 왔느냐 하는 차이에 불과한 것이다.

이렇게 이해하면 실력이라는 환상에 놀아나 일희일비하는 어리석은 행동은 피할 수 있을 것이다.

실력이라고 생각하면 그것을 향상시키기 어려울 것 같지만, 그것을 경험의 축적이라고 생각하면 얼마든지 향상시킬 수 있다.

일류 운동선수가 열심히 연습하는 것도 수많은 경험을 쌓아 처리능력을 향상시키기 위해서이다.

따라서 이렇게 이야기할 수 있다.

지금 시점에서 본다면, 지금까지의 인생은 성공이든 실패든
경험을 축적하기 위한 연습이었다.
시합은 언제나 이제부터 시작이다.
그리고 그 시합 또한 다음 시합을 위한 연습이 되는 것이다.

즉, 인생이란 항상 연습의 연속이다.

물론 많은 경험을 쌓으면 실행력을 키울 수 있다. 그러나 그 실행
력은 위기관리의 논리두뇌로부터 생기지는 않는다. 실행력은 감정
두뇌에서 생기는 것이므로, IRA가 실행력에 대해 긍정적이지 못하
면 당연히 실행력이 부족한 사람이 되고 만다.

그래서 나는 IRA에 감사와 감동과 감격이라는 세 가지 에너지가
생기게 함으로써 행동력을 향상시키는 법을 지도해 왔다.

• 감사할 줄 알게 되면 불만이 사라져 순수해질 수 있다
• 감동하게 되면 열의가 생겨 진지해질 수 있다
• 감격하게 되면 열정이 생겨 행동력이 확고해진다

실행력이란 생각보다는 느낌을 통해 생겨나는 에너지이다.

다행히도 포기하는 방법을 실천해 본 여러분에게는 이 세 가지 에너지가 이미 완벽하게 갖추어져 있다. 철저하게 포기하면 논리두뇌의 활동이 멈추고 감성적 능력이 향상되는 것이다. 성공과 실패라는 하찮은 가치관에 얽매여 있는 동안 보이지 않았던 것이나 느끼지 못했던 것들이 명확하게 마음속으로 강하게 다가온다.

출퇴근길에 담 너머로 보이는 꽃이 아름답다고 느껴진다면 이젠 됐다,고 생각하기 바란다.

회사에 출근하자마자 상사에게 불려가도 불안해할 필요는 전혀 없다. 어쨌든 여러분은 일단 철저하게 포기했다. 무슨 일이 있어도 이제 담담하게 최선을 다할 뿐이다. 이런 자신에 대해 걱정해 주는 것을 고맙게 생각하자.

만약 그런 생각이 들지 않으면 고맙다는 말을 살며시 내뱉어 보라. 그 말이 신비한 언어의 영력(靈力)처럼 여러분의 마음을 약간씩 변화시켜 주며, 그것을 매일 반복하면 IRA의 기억 데이터가 서서히 바뀌고 두뇌가 고맙다고 느끼게 될 것이다.

이와 같은 두뇌구조를 이해한다면, 더 이상 포기할 필요도 없다. 거듭 말하지만, 인생의 목적은 생각하는 것이 아니라 느끼는 것이다. 감사하고 감동하고 감격할 줄 아는 두뇌가 훌륭한 인생의 목적을 찾아 준다.

인생을 빛내주는
마법의 지팡이

# 밖으로 나가라

제 6 장

## 성공 여부는 원래 정해져 있는 걸까?

나는 30년 이상 능력개발 업무에 종사해 왔는데, 처음 10년은 스스로도 싫을 정도로 실패의 연속이었다. 능력개발의 전문가로 나만큼 실패한 사람도 아마 없을 거라고 생각한다. 적어도 그렇게 분명하게 공언하는 사람은 나 외에는 없다.

처음 10년 동안 나를 계속 괴롭힌 문제가 있었는데, 그것은 내가 마치 점쟁이처럼 장차 그 사람이 성공할 것인지 아닌지를 정확하게 맞추어 내는 것이다. 처음 만나 잠깐 이야기를 나누어 보기만 하면 벌써 예감이 오는데, 그 예감이 너무나 정확하게 들어맞아 무척이나 나를 곤혹스럽게 했던 것이다.

즉, 혹시 사람이 성공하느냐 못하느냐는 미리 결정이 되어 있는 것은 아닐까 하는, 능력개발에 종사하는 사람이 해서는 안 될 터무니없는 의문에 부딪혔다. 만약 그렇다면 능력개발이나 자기계발 같은 것은 아무 쓸모도 없게 되어 버린다.

집단의 법칙에서 보면, 100명의 집단 가운데에는 어떠한 역경에 부딪히더라도 그 역경을 물리치고 자기실현을 해 나가는 '환경변혁형' 타입이 5명 정도가 있는데, 이 5%의 사람들은 나의 지도를 받지 않더라도 언젠가는 성공할 것이다. 그들은 분명 다른 사람들과는 다른 무언가를 태어날 때부터 가지고 있고, 언젠가는 반드시 성공할 거라는 느낌을 주는 무언가가 있으며, 마침내 눈부신 활약을 펼쳐 보이는 것이다.

나머지 95%의 사람 중에는 나의 지도를 받아 꿈을 실현해 나가는 사람도 있지만, 아무리 친절하고 자상하게 지도해도 그 소질이나 재능을 제대로 살리지 못하는 사람도 적지 않다.

'성공할 수 있는 사람은 능력개발을 하지 않더라도 반드시 성공하며, 성공하지 못하는 사람은 아무리 소질이 있고 노력을 하더라도 원래 성공하지 못하도록 되어 있는 것은 아닐까?'

이런 의문에 직면했다. 이 의문에 대해 어째서 그런지 곰곰이 생각한 끝에 나는 중대한 사실을 깨닫게 되었다.

## 종전의 능력개발 테크닉으로 심성까지 바꿀 수는 없다

세상에는 다양한 종류의 능력개발 프로그램이 있는데, 그 대부분은 대뇌 신피질(좌뇌·우뇌)에 자극을 줌으로써 사고나 행동패턴에 변화를 주려고 하는 것들이다.

그 대표적인 것이 플러스적 사고로, 여기서는 좌측의 논리두뇌가 행하는 긍정적 사고야말로 성공의 비결이라고 인식되고 있다.

또 성공 이미지를 권장하는 사람들은, 우측의 이미지두뇌가 성공을 연상하도록 할 수만 있다면 숨겨져 있던 잠재능력까지 이끌어낼 수 있다고 한다.

그런 주장도 결코 틀리지 않다. 틀리지는 않지만, 내가 벽에 부딪힌 것은 그런 테크닉만으로는 해결할 수 없는 부분이었다.

앞서 설명했듯이, 성공할 수 있는 사람은 그렇지 못한 사람에 비해 처음부터 무언가가 달랐다. 예를 들면, 요미우리 자이언트의 구와다 마스미(桑田眞澄) 투수가 그랬고, 축구의 오노 신지(小野伸二) 선수나 교야 씨도 그런 사람 중의 한 명이었으며, 최근 들어서는 여자배구 일본 대표선수의 유망주인 오야마 가나 선수에게서도 그런 느낌을 강하게 받았다.

'이 녀석은 언젠가는 성공할 거야'

그들은 처음부터 그런 느낌을 주는 무언가를 가지고 있다.

그 무언가란, 소위 말하는 능력과는 전혀 관계가 없으며 능력이 아니라 마음의 질, 즉 심성이라고밖에 할 수 없는 것이었다.

우리의 체질은 사람마다 모두 다르다. 마찬가지로 마음에도 각기 다른 심성이 있고, 그 심성은 체질과 마찬가지로 그리 쉽게 바꿀 수는 없다. 언젠가는 성공할 거라는, 언젠가는 두각을 나타낼 거라는 예감을 주고 마침내 그대로 성공하는 사람들은 공통적인 마음의 질

(심성)을 갖고 있었다.

예를 들면, 크게 성공하여 행복해진 사람과 아무리 노력해도 성공하지 못하는 사람의 심리 데이터를 분석해 보면, 그 심성 수준에 명백한 차이점이 있다는 사실을 알 수 있다.

크게 성공한 사람들은 공통적으로


- 쉽게 큰 목표를 세울 수 있는 심성을 가지고 있다
- 사물을 보고 감동하고 감격할 줄 아는 심성을 가지고 있다
- 자신의 역할에 진지하게 몰두할 수 있는 심성을 가지고 있다
- 자신의 노력을 노력이라고 생각하지 않는 심성을 가지고 있다
- 좋지 않은 결과는 자신의 책임이라고 생각할 줄 아는 심성을 가지고 있다


이런 심성을 가진 사람은 언젠가는 반드시 성공한다. 성공하고 싶다는 생각이 없어도 언젠가는 성공하게 되어 있다.

반면, 내가 아무리 열심히 지도해도, 또 본인이 아무리 노력해도 성공하지 못하는 사람들의 대부분은


- 미래의 목표보다는 현재의 쾌락에 이끌리는 심성을 가지고 있다
- 사물을 보고 좀처럼 감동하거나 감격하지 못하는 심성을 가지고

있다

- 당장 해야 할 일에 열심히 노력하지 못하는 심성을 가지고 있다
- 노력하는 것이 힘들다고 생각하는 심성을 가지고 있다
- 불평불만을 내뱉고 자기정당화만 생각하는 심성을 가지고 있다

이런 사람들이 아무리 열심히 플러스적 사고나 성공 이미지와 같은 능력개발을 한다 해도, 아쉽지만 성공하기는 어렵다.

왜냐하면, 본능이라고 할 수 있을 정도로 마음속 깊이 뿌리박힌 심성은 두뇌 깊숙한 곳에 자리한 IRA(본능반사영역)와 관계가 있어, 좌뇌나 우뇌에 대한 간단한 테크닉만으로는 절대로 심성을 바꿀 수 없기 때문이다.

## 성공하기 쉬운 심성과 성공하기 어려운 심성의 차이

쉽게 감기에 걸리는 체질과 감기에 잘 걸리지 않는 체질이 있듯이, 우리 마음에도 쉽게 성공할 수 있는 심성과 좀처럼 성공하지 못하는 심성이 있는데, 그런 의미에서는 분명 성공할 수 있느냐 없느냐는 미리 결정되어 있다고 할 수도 있다.

내가 주최하고 있는 〈전문경영인 양성학교〉학생 중에 후카사와 에이지(深樣英治)라는 신예 경영인이 있다. 귀금속 액세서리를 개발·제조하는 고사이공예(光彩工藝)라는 회사 사장인데, 그가 도쿄대학을 졸업한 후 가업을 이어받을 당시에는 야마나시(山梨)의 지방산업적인 중소기업에 불과하던 회사를 곧바로 패션주얼리 대형 메이커로 성장시켜 지금은 그 비즈니스망을 미국이나 이탈리아, 중국 등 전 세계로 확대시켜나가고 있다.

이 후카사와 씨도 분명 쉽게 성공하는 심성을 가진 사람 중 한 명으로, 언젠가는 패션주얼리 세계에 변혁을 일으킬 뿐만 아니라 일본을 바꿀 주요 경제인으로 성장하리라고 예감하고 나는 그의 성공을 기대하고 있다.

후카사와 씨와 이야기를 나누다 보면, 무엇보다도 그의 행동력과 도전정신에 놀라게 된다.

예를 들면, 영업활동을 위해 전 세계를 돌아다니는 그는 태국에 갔을 때 불교에 흥미를 느끼고는 그 자리에서 머리를 깎고 잠시 동안 절에 묵으며 수행에 정진한 적도 있다.

그 이야기를 듣고도 놀랐지만, 더욱 놀란 것은 가와시마 선수를 격려하기 위해 함께 오하시 체육관을 찾았을 때였다. 서른여덟 살의 후카사와 씨가 자기에게도 글러브를 끼워 달라고 하고는 스스로 링에 올라 오하시 회장을 상대로 무려 10라운드의 스파링을 소화해 냈는데, 그의 그런 행동에는 오하시 회장도 혀를 내둘렀다.

당연히 그는 그러한 행동력과 도전정신을 일에서도 발휘하고 있다. 뉴욕에 있는 초 유명 브랜드 T의 본사까지도 후카사와 씨는 태연하게 방문하여 영업활동을 하였다. 주얼리의 세계에서는 아직도 유럽 편중 경향이 강하여, 아시아에서 온 메이커의 판매활동에는 T사의 바이어도 좀처럼 응해 주지 않았다. 결국 건물 안 이리저리 문전박대만 당했다고 했지만, 그런 일이 있은 후, 후카사와 사장은 T사의 바이어가 야마나시까지 쫓아와 제발 물건을 팔아 달라고 애원하도록 훌륭한 기술과 명성을 쌓겠다는 목표를 세웠다.

이런 걸출한 행동력과 도전정신은 플러스적 사고나 성공 이미지와 같은 단순한 테크닉만으로 얻어지는 것은 아니며, 훨씬 더 근본적인 부분의 문제이다. 그렇기 때문에 전 세계의 여자들이 동경하는 T사까지도 태연하게 쳐들어갈 수 있었으며, 그 회사 바이어를 만나지 못해도 실망하지 않았다. 오히려 머지않아 T사의 바이어가 머리를 숙이고 물건을 사러 올 거라는 그런 성공 이미지를 가질 수 있었던 것이다.

그러나 그런 후카사와 씨가 일을 하면서 전혀 고생을 하지 않느냐 하면 그렇지는 않다. 그와 나눈 이야기 중에 가장 인상에 남았던 것은 '이를 악물었다' 는 말이다.

"저희가 거래하고 있는 고객이나 협력업체는 각 분야에서 최고

수준의 회사들뿐입니다. 그렇기 때문에 고객들의 기대는 높고 요구 또한 엄격하지요. 사실 저희는 이를 악물고 거래하고 있으며, 그렇게 이를 악물고 열심히 노력함으로써 저희 회사의 실력도 점차 향상되어가는 것을 실감하고 있습니다"

플러스적 사고를 하자거나 우뇌로 성공 이미지를 하자고 하는 단순한 테크닉만으로는 이를 악무는 이런 강인한 플러스적 사고는 도저히 할 수 없다.

오늘날의 경쟁사회에서 성공하기 위해서는 반드시 플러스적 사고와 플러스적 이미지가 필요하며, 그런 플러스적 사고나 플러스적 이미지가 없으면 99%의 실패를 바탕으로 한 1%의 성공은 도저히 거둘 수 없다.

그러나 여기에는 중요한 문제가 도사리고 있다. 후카사와 씨처럼 원래 플러스적 사고를 할 수 있는 사람은 가만히 앉아서도 플러스적 사고를 할 수 있으나, 그렇지 않은 사람들은 플러스적 사고를 하려고 아무리 노력해도, 아니 노력하면 할수록 플러스적 사고를 할 수 없게 되는 딜레마에 빠지게 된다. 또한 성공을 연상할 수 있는 사람은 처음부터 당연한 듯 쉽게 성공을 연상하는데 반해, 자신의 성공을 당연한 것으로 생각하지 못하는 사람은 아무리 노력해도 성공보다는 실패나 좌절을 연상하게 된다.

아마 이 책을 읽는 독자들 중에도 이런 딜레마에 빠져 있는 사람이 있을 거라고 생각하는데, 능력개발에 관한 책을 섭렵하고 여기저기 세미나에 다니면서 실제로 일이나 연습, 또는 공부나 연애를 하기 위해 이를 악물기보다는 플러스적 사고를 하거나 성공 이미지를 연상시켜 주는 개발 프로그램에 온 정력을 쏟아 붓는 사람도 적지 않을 것이다.

다시 한 번 말해 둔다. 30년에 이르는 능력개발 지도 경험을 바탕으로 내가 확실하게 단언할 수 있는 것은, 단순한 테크닉만으로는 심성까지 바꿀 수 없다는 사실이다. 왜냐하면, 인간의 마음이라는 것은 그보다 훨씬 오묘하기 때문이다.

그렇다면 쉽게 성공할 수 있는 심성과 쉽게 성공하지 못하는 심성의 차이는 어디에 있는 걸까? 의외일지 모르지만, 본질적인 차이는 하나밖에 없다. 무의식적인 마음이나 감정을 발생시키는 IRA가 사물에 대해 긍정적이냐 부정적이냐의 차이가 있을 뿐이다. 후카사와 씨와 같은 사람과 그렇지 못한 사람들의 차이는 그 한 가지뿐이다.

## 대부분의 사람들은 자신도 모르는 사이에
## 과거의 연장선에서 살고 있다

IRA(본능반사영역)는 과거의 기억 데이터를 축적해 놓은 장소라는 사실을 떠올려 보자.

이해하기 쉽게 예를 하나 들어 본다. 도박에 대해서도 IRA가 긍정적인 사람과 부정적인 사람이 있다.

과거에 한 번도 파친코에서 돈을 따 본 경험이 없고 돈을 땄다는 기쁨의 기억 데이터가 전혀 없으며 손해만 보았다거나 억울하다는 기억 데이터만 있는 사람의 IRA는 분명 파친코에 대해 부정적이며, 따라서 '저런 놀이는 말도 안 된다'거나 '재미없다'는 마이너스적 감정만 생기게 된다.

반면, 파친코에 대해 IRA가 좋아한다는 플러스적 감정을 가진 사람은 과거에 파친코를 해서 재미를 본 경험이 있어 그 기쁨을 기억 데이터로 가지고 있다. 그런 사람들은 플러스적 사고를 하거나 성공 이미지를 갖기 위해 일부러 노력하지 않더라도 자연스럽게 파친코에 대해 플러스적 사고를 하게 되며 플러스적 이미지가 떠오른다. 그런 사람들은 '오늘은 분명 한 건 할 것'이라는 생각을 할 수 있으며 대박을 터뜨리는 광경도 쉽게 연상되기 때문에, 어쩔 수 없이 파친코 가게로 발걸음을 옮기게 된다. 그리고 아무리 돈을 잃어도 또다시 찾아가 자욱한 담배연기와 시끄러운 소음으로 가득한 열악한 환경 속에서 하루 종일 자리를 지키는 고행과 같은 일도 아무렇지도 않게 참아낼 수 있는 것이다.

바로 여기에 긍정적인 IRA를 만들기 위한 힌트가 숨어 있는데, 그것은 과거의 기억 데이터가 우리의 마음자세를 결정하고 있다는 것이다.


• 기억 데이터로 성공의 기쁨을 많이 가지고 있는 IRA는 사물에 대해 긍정적이어서 플러스적 감정을 만들어내기 쉬우며, 두뇌의 바탕에 깔려있는 IRA에 플러스적 감정이 생기면 대뇌 신피질에 저절로 플러스적 사고나 플러스적 이미지가 생기게 된다

• 기억 데이터로 실패의 괴로움을 많이 가지고 있는 IRA는 사물에 대해 부정적이어서 마이너스적 감정이 생기기 쉬우며, IRA에 마이너스적 감정이 생기면 아무리 플러스적 사고나 플러스적 이미지를 연상하려고 해도 그렇게 되지 않는다


너무 좋아서 결혼한 아내에 대해, 또는 남편에 대해 IRA가 부정적이어서 마이너스적 감정이 생겼다면, 그것은 싸움이나 의견충돌이 자꾸 거듭된 결과 불쾌한 기억 데이터가 점점 많아졌기 때문이다.

좋은 성적을 내지 못하는 것은 공부(또는 일이나 연습)를 싫어하기 때문이 아니라, 오히려 성적이 나쁘기 때문에 공부(또는 일이나 연습)하기가 싫어지는 것이다.

과거에 좋은 성적을 받아 칭찬받았거나 우쭐대던 기쁨의 데이터가 적고, 야단을 맞거나 콤플렉스를 느끼던 불쾌한 기억 데이터가 많을수록 IRA는 공부(또는 일이나 연습)에 대해 부정적으로 바뀌어 간다.

그렇기 때문에 30살까지 어느 정도 성공하지 못한 사람이 50대나 60대가 돼서 크게 성공할 리는 없으며, 현재 인생의 목적이 없는 사람이 10년 후나 20년 후에 인생의 목적을 가질 리도 없는 것이다.

또 과거에 잘 팔리지 않는 물건만 만들어 온 회사의 사장은 상품이란 원래 잘 팔리지 않는 것이라고 믿어 버리고, 그 마이너스적 사고로 인해 정말로 팔리지 않는 판매방식을 취하게 된다. 이를 악무는 플러스적 사고를 할 수 있는 사람은 분명 이를 악물고 성공한 경험이 있는 사람이다.

예전에 『죽은 시인의 사회』(Dead Poets Society)라는 미국 영화가 있었는데, 이 영화 속의 대사 중에 '현재의 삶을 즐겨라'라는 유명한 구절이 나온다. 현재의 삶을 즐겨라. 참 멋진 말이다. 그러나 안타깝게도 방금 말했듯이 사람들은 완전히 새로운 '현재'를 사는 것이 아니라, 과거에 물든 '현재'를 사는 것이다. 그것이 어째서 안타

깝다고 하느냐 하면, 대부분의 사람들은 성공체험보다는 실패체험
이 많고 그런 과거의 기억에 얽매이면서 과거의 연장선상에서 '현
재'를 살고 있기 때문이다.

우선 이 사실을 제대로 받아들이는 것에서부터 시작하자.


## 과거의 자신으로부터 벗어나 새로운 미래를 창조해 내는 방법


그런데 인간이란 도대체 어떤 존재일까? 육체적으로 보면 수분과
단백질, 지방질, 거기에 칼슘과 철분 등 약간의 미네랄이 섞여 있다
고 생각할 수 있으며, 유전자 차원에서 보면 4종류의 염기 조합이
인간의 본질이라고 할 수 있을 것이다.

하지만 내 생각으로는 인간이란 '과거의 기억 데이터'이다. 왜냐
하면, 우리의 인생은 마음먹기에 따라 결정되는데, 그 마음은 영양
소도 유전자도 아니고 지금까지 살아오면서 축적된 인생 경험, 즉
IRA에 축적된 과거의 기억 데이터를 바탕으로 하여 이루어져 있기
때문이다.

프랑스의 철학자 파스칼은 '인간은 생각하는 갈대'라고 했다. 그
러나 중요한 것은 생각하는 것 자체가 아니라 어떻게 생각하느냐 하

는 것이며, 어떻게 생각하느냐는 그 사람의 IRA에 축적된 기억 데이터에 따라 달라진다.

같은 어려움에 처하더라도, 그때까지 수많은 인생의 어려움을 극복한 성공경험이 있다면 '드디어 기회가 왔다. 나는 할 수 있다'며 가슴이 설렌다. 그러나 같은 상황에서 실패한 경험이 있는 사람은 '실패하면 어떻게 하나?' 하는 생각이 먼저 떠오른다. IRA가 부정적으로 되어 점점 마이너스적 감정이 생기기 시작하는 것이다.

인간이란
과거의 기억 데이터일 뿐이다.

이러한 사고방식이 불교의 아라야식(阿賴耶識:심리학에서 말하는 잠재의식) 이론에 아주 가깝다는 사실을 무노쇼겐(無能唱師) 선생님에게서 배웠다. 불교 임제종 출신의 쇼겐 선생님의 말씀에 의하면, 업(業)이나 카르마(karma)라고도 하는 아라야식은 사람의 마음 깊숙한 곳에 자리하고 있으며, 그곳에는 그 사람이 과거에 체험했던 다양한 기억들이 저장되어 있다. 그리고 본인도 깨닫지 못하는 사이에 아라야식에 존재하는 과거의 업을 바탕으로 하여 자신의 미래를 만들어낸다고 하는데, 세상에서는 그것을 인연 또는 인과응보라고 한다.

그러고 보면, 우리를 과거의 연장선상에서 살아가게 만드는 IRA
는 분명 아라야식과 흡사하기도 하다.

이제 와서 그 때의 대담을 떠올리면 아쉽게 생각되는 것이 있다.
인간은 아라야식에 저장된 과거의 업의 지배를 받으면서 살아갈 수
밖에 없는 걸까? 불교에서는 어떻게 하면 과거로부터 자유로워지고
자신이 바라는 새로운 미래를 건설할 수 있다고 가르치는 걸까? 어
리석게도 그런 의문에 대해 깜박 잊고 여쭤보지 못한 것이다.

그래서 나는 불교가 가지고 있는 답은 알 수 없다. 그러나 30년에
이르는 운동심리 지도를 통하여 내가 최종적으로 확신하는 것은, 과
거야 어떻든 거기에 얽매이지 않고 새로운 '현재', 새로운 '내일'을
창조하는 방법이 있다는 사실인데, 그것이 바로 인생의 목적이라는
'마법의 지팡이' 이다.

## 남을 즐겁게 해주는 행복을 맛보면 사고나 행동패턴이 달라진다

이 책은 인생의 목적을 가르쳐주는 책이 아니다. 인생의 목적을
찾을 수 있을지도 모른다는 기대를 가지고 이 책을 읽는 독자들은
실망할지도 모르겠다.

그러나 인생의 목적이라는 것은 아무리 가르쳐 줘도 본인이 느끼지 못하면 아무 의미도 없다. 그렇기 때문에, 나는 인생의 목적이 무엇이냐가 아니라 그 목적을 찾기 위한 방법에 대해 지금까지 설명해 왔다.

그러나 한 가지만은 분명하게 이야기할 수 있다.

자신을 기쁘게 하는 행복은 인생의 목표는 될지언정
인생의 목적은 될 수 없다. 적어도
새로운 미래를 실현시켜 주는 마법의 힘은 거기에는 없다.

이 책을 쓰면서 나는 옛날이야기나 동화에 나오는 마법에 관한 이야기를 조사해 보았다. 그 결과 분명하게 깨달은 것은, 마법의 힘은 외부로부터 찾아온다는 사실이다.

예를 들면, 난장이는 요술방망이의 힘으로 멋진 젊은이로 변신했고, 우라시마 타로는 자기가 도와준 거북이의 안내를 받아 용궁까지 가게 되며, 알라딘이 신비한 힘을 자유자재로 쓸 수 있게 된 것도 마법램프 덕분이고, 또 신데렐라도 선녀가 휘두르는 마법지팡이의 힘으로 아름답게 차려입고 호박을 둔갑시킨 마차를 타고 성에서 열리는 무도회에 간다. 이들은 모두 마법의 힘을 빌려 과거의 자신에게는 불가능했던 꿈이나 동경의 세계를 실현하는데, 그 신비한 힘은 모두 자신으로부터가 아닌 외부로부터 찾아온 힘이다.

오랜 세월 동안 전해져 내려온 옛날이야기나 동화라는 것은 집합적 무의식의 산물로서, 그 안에는 인류에게 공통되는 마음의 비밀이 숨겨져 있다.

그 비밀이란 ①자신을 바꾸기 위해서는, ②자신을 크게 성장시키기 위해서는, ③과거의 자신에게는 불가능했던 꿈을 실현하기 위해서는, ④과거의 연장이 아니라 새로운 내일을 위해서는 외부로부터 찾아오는 마법의 힘을 빌려야 한다는 것이다.

우리의 IRA(본능반사영역)는 기본적으로 이기적이다. IRA는 원시 동물의 두뇌로서, 그곳에 축적된 데이터는 자신에 대한 호·불호와 쾌감·불쾌감을 판별하는 편도핵을 통과하기 때문에 그 편도핵이 만들어내는 감정의 영향을 받는다. 만약 여러분의 IRA가 지금의 일이나 생활에 대해 긍정적이 아니어서 목표 달성이나 그러기 위한 노력을 힘들다고 느끼고 아무리 해도 열심히 노력하지 못하게 된다면, 그것은 일이나 노력을 불쾌하다고 느낀 과거의 기억 데이터가 이기적인 IRA에 가득 채워져 있기 때문이다.

그런 이기적인 두뇌의 기억 데이터를 통해 느끼거나 생각하는 한 여러분은 과거의 연장선상에서 살아갈 수밖에 없으며, 실제로 대부분의 사람들은 그렇게 해서 어제와 똑같은 오늘을 살며 또 오늘과 똑같은 내일을 살고 있다. 자신의 기쁨이나 행복이라는 이기적인 동기부여를 기준으로 삼는다면 그렇게 되지 않을 수 없다.

만약 과거의 연장선상에서 살고 싶지 않고 아직 이루지 못한 꿈을 실현하기를 바란다면, 이기적이지 않은 기준이 반드시 필요하다. 자신의 욕망에 대한 만족이나 우월성에 대한 욕구가 아닌 다른 사람들을 기쁘게 해주고 싶다거나 사람들을 행복하게 해주고 싶다는 생각이 떠올랐을 때 비로소 인간의 사고나 행동 패턴은 바뀔 가능성이 생기는 것이다.

그래야만 자신의 호·불호나 쾌감·불쾌감이 아니라, 다른 기준으로 사물을 느끼고 생각하고 연상하고 행동할 수 있게 되는 것이다.

우리가 이성을 사랑하고 함께 살기 위해 결혼하는 것이나 아이를 낳고 가정을 이루는 것도, 동물처럼 성욕을 충족시키기 위해서나 자손을 남기기 위해서 뿐만이 아니다. 그것은 지금까지의 자신의 좁은 틀에서 벗어나 마법의 힘을 만나기 위해서이다.


## 남을 즐겁게 해 줌으로써 자신도 행복해질 수 있다


흥미롭게도 인간이란 동물은 자신을 기쁘게 하는 행복만을 위해 살아가면 이상하게도 마이너스적 감정이 생긴다. 가혹한 경쟁을 이겨낸 승리자가 반드시 행복하지만은 않다고 앞서 설명했는데, 자신의 이익만을 동기부여로 하여 싸우면 이상하게 마이너스적 감정이 솟아난다.

우리 집 고양이 미코나 애완견 론은 모두 자신의 이익만을 위하여 살고 있는 것 같다.

예를 들면, 론은 자기 혼자만 배불리 먹고 친구 미코가 굶고 있어도 전혀 거들떠보지도 않으며, 어쩌면 미코의 먹이까지 뺏어먹을 지도 모른다. 그렇게 해서 자기 배만 부르면 행복한 듯 보인다.

그러나 인간은 굶주리고 있는 친구 앞에서 혼자만 음식을 먹는 것에 커다란 저항감을 느낀다. 자신을 기쁘게 하는 행복만을 추구하며 살아가면 마이너스적 감정을 느끼는 것은, 아마도 인간이 사회적 동물로서 다른 사람들과의 관계 속에서 살아갈 수밖에 없기 때문일 것이다.

- 자신을 기쁘게 하는 행복만을 추구하면 떳떳하지 못한 느낌이나 죄악감이 생긴다
- 자신을 기쁘게 하는 행복만을 추구하면 스스로가 싫어진다
- 자신을 기쁘게 하는 행복만을 추구하면 다른 사람도 싫어진다.

따라서 고독해지고 외로워져 가슴에 휑하니 구멍이 뚫리며, 항상 불안감을 느끼고 마음의 안정을 느끼지 못한다

플러스적 사고나 성공 이미지에 한계가 있는 것은 인간의 마음은 불가사의하게 움직이기 때문이다. 그러한 능력개발 기법은 분명 효과가 있고 나 또한 정신력 강화훈련을 지도할 때 활용하기도 하지만, 그것만으로는 진정한 플러스적 사고나 플러스적 이미지는 도저히 얻을 수 없다.

반면, 남을 기쁘게 해주는 행복을 목적으로 하는 사람의 경우는 설사 같은 목표를 위해 노력한다 해도 IRA에 저절로 플러스적 감정이 생겨, 쉽게 플러스적 사고나 플러스적 이미지가 가능해지는 것이다.

- 남을 기쁘게 해주는 행복을 추구하면 자신이 좋아진다
- 남을 기쁘게 해주는 행복을 추구하면 자신에게 믿음이 간다
- 남을 기쁘게 해주는 행복을 추구하면 자신의 노고는 괘념치 않게 된다
- 남을 기쁘게 해주는 행복을 추구하면 그러기 위해 달성해야 할 목표에 대해 믿음이 가며, 자신의 기분이나 일시적인 기분 변화에 좌우되지 않기 때문에 그 목표는 흔들리지 않는다
- 남을 기쁘게 해 주는 행복을 추구하면 결과에 관계없이 그 과정 자체가 사람들을 기쁘게 해 주므로 반드시 그 노력은 보상을 받으며, 따라서 노력하는 것이 즐거워진다

- 남을 기쁘게 해 주는 행복을 추구하면 이에 공감하고 도와주는 사람이 나타난다

바로 여기에 꿈을 실현해 주는 '마법의 지팡이'가 있다.

그런데 인간은 남을 기쁘게 해 주는 행복이라는 목표를 가지면 어째서 IRA에 플러스적 감정이 생기고 이런 마법의 힘을 얻을 수 있는 것일까?

나도 그 이유는 정확히 모르겠지만, 아마도 우리가 어머니 품에 안겨 젖을 먹고 자란 것과 관계가 있을 지도 모른다. 어머니가 행복한 마음으로 우리를 꼭 안아 주면 분명 우리는 어머니의 품속에서 보다 큰 안정과 행복을 느꼈을 것이다. 그 사람이 아버지가 됐든 할머니·할아버지가 됐든 또는 보육원의 보모가 됐든 분명 마찬가지였을 것이다. 따라서 상대방을 기쁘게 해 주고, 행복감을 느끼게 해 주고 싶은 것이다. 상대방을 기쁘게 해 줌으로써 스스로도 행복해지려고 우리는 우리를 안아 주는 어른들에게 웃음을 지어 보였다. 그런 먼 과거의 기억이 IRA의 가장 오래된 기억 데이터로 남아 있기 때문이라고 생각할 수밖에 없다.

내가 기회 있을 때마다 꽃을 사들고 집으로 달려가는 이유도 바로 거기에 있다. 모쪼록 오해 없기를 바라는데, 결코 나에게는 아내를 기쁘게 해 줌으로써 좀 더 상냥하게 대해 주길 바란다거나 용돈을

더 많이 주길 바라는 얄팍한 속셈이 있는 것은 아니다.

나는 아내가 기뻐하고 그 기쁨을 공유함으로써 행복감을 느끼고 싶다. 그렇게 되면 IRA가 긍정적으로 바뀌어 '좋았어. 내일도 열심히 뛰어야지' 하는 생각이 드는 것이다.


## 중요한 것은 무엇을 하느냐가 아니라 무엇을 위해 하느냐이다


얼마 전 요코하마에서 시작한 나의 연속 세미나 제1회 때 주최 측의 초청으로 일본을 대표하는 기타 메이커 '후지겐'의 요코우치 유이치로(橫內祐一郎) 회장이 연단에 서셨다. 자신의 인생을 유머 넘치게 말씀하신 그 강연이 무척 감동적이고 많은 교훈이 되었기에 여기서 그 내용을 잠깐 소개하고자 한다.

1927년 나가노현에서 태어난 요코우치 씨는 현내 굴지의 엘리트 학교인 마쓰모토(松本)중학을 졸업한 후 가정 형편상 고등학교 진학을 포기하고 가업인 농사일을 이어받게 되었다. 회장께서는,

"토방에 엎드려 우시는 어머니의 부탁 때문에 어쩔 수 없이 농사꾼이 되었다"

고 그 때의 일을 회고하셨다. 진학의 꿈을 포기한 요코우치 씨는 중

학교 때의 은사님에게서 배운 무상의(無上意:불교에서 나오는 말로, 더 이상 없는 최고의 경지를 말함)라는 말을 떠올렸다.

'어차피 농사꾼이 될 거라면 일본 최고의 농사꾼이 되자'

그렇게 마음먹고 열심히 농사일에 몰두했다고 한다.

요코우치 씨가 가장 먼저 시작한 일은 가지 재배기술을 개량하는 것이었는데, 마침내 한 알의 씨앗에서 100개나 되는 가지를 수확하는데 성공하여 그 이름을 널리 알리게 된다. 각지를 돌아다니며 기술 지도를 하던 요코우치 씨는 어느 날 자신의 인생을 바꾸게 되는 스승을 만나게 된다. 우연히 듣게 된 도쿄대학의 농업경제학자 도하타 세이이치(東畑精一) 교수의 강연에서 들은 '앞으로는 공업의 시대'라는 그분의 가르침이 그의 인생을 바꾸는 계기가 된다. 그 강연을 듣고 난 후 그가 심기일전하여 동료들과 공동으로 악기 제조 회사를 설립한 것이 1940년, 그의 나이 33살 때의 일이다.

때마침 전자기타가 붐을 일으키기 시작할 무렵이어서 너도 나도 기타 제조에 나섰다. 그러나 비전문가가 만든 기타는 생각대로 잘 팔리지가 않았다. 창업 4년째, 기사회생을 꿈꾸며 그는 혼자서 미국 시장으로 영업활동에 나선다. 그 때는 지금과는 달리 미국이 먼 이국이던 시절이었다. 영어 회화도 제대로 하지 못하는 상태에서 무모한 도미(渡美)를 감행한 요코우치 씨는 상담은커녕 상담 약속도 제대로 잡지 못한 채 이내 체재비도 바닥을 드러내게 된다.

그러던 어느 날, 완전히 절망한 채 하늘만 쳐다보고 있자니 갑자기 눈물이 흘러 내렸다고 한다. 일본에서는 본 적도 없는 큼지막한 태양이 멀리 지평선으로 지고 있었다. 그 광경을 바라보던 요코우치 씨는 가슴이 떨리는 감동을 느끼고 문득 '어머니!' 하고 외쳤다고 하는데, 이 부분은 이야기 달인인 그의 과장된 표현일지도 모른다.

하지만, 아버지를 여읜 후 어머니를 남달리 소중하게 생각하고 그 어머니를 위해서 진학까지 포기한 요코우치 씨가 말도 통하지 않는 미국에서 홀로 깊은 수렁에 빠져 발버둥 치면서 얼마나 어머니를 외쳐댔을지는 상상하기 그리 어렵지 않다.

그때, 멍청히 앉아 있던 그에게 무슨 일 있느냐며 말을 걸어 온 생면부지의 미국인이 있었는데, 그 미국인과의 만남이 운 좋게 이어졌고 그때부터는 극적으로 요코우치 씨의 운명이 바뀌어 간다. 운이란 그야말로 사람과의 만남인 것이다.

요코우치 씨의 필사적인 노력으로 미국으로 기타를 수출하는데 성공하는데, 때마침 그때 비틀즈 선풍이 몰아닥쳤다. 그 붐을 타고 일본에서도 전자기타가 팔리기 시작했고 회사는 발전에 발전을 거듭하여 지금은 전자기타로는 세계 제일이라고 일컬어지는 대기업으로 성장하였다.

진학의 꿈이 좌절되고 '무상의(無上意)'라는 선생님의 교훈을 가슴에 새긴 요코우치 씨는, 밭을 일구거나 기타를 팔면서도 그 생각을 한시도 잊지 않고 그 교훈을 문자 그대로 실현한 것이다.

이 강연 중에 요코우치 씨는,

'신념을 가지고 도전하면 행운은 반드시 잡을 수 있다'

'힘들 때야말로 행복을 움켜쥘 찬스이다'

하는 점을 강조하셨다.

요코우치 씨가 쓴 『행운을 잡아라』라는 책이 그의 그러한 인생철학을 여실히 증명해 보여주고 있다.

강연을 들으면서 나는 내가 정신력 강화훈련을 지도할 때 자주 쓰는 말을 떠올렸는데, 그것은 바로 '끈기'라는 말이다.

끈기라고 하면 많은 사람들은 단조로운 일을 싫증내지 않고 계속하는 '작업의 끈기'를 떠올리는데, 끈기는 그뿐만이 아니다.

또 하나의 끈기, 즉 자신의 꿈이나 희망에 대해 끊임없이 생각하는 '생각의 끈기'라는 것이 있다. 99번의 실패를 뛰어넘어 성공을 거두거나 어려움에 처해 있으면서 동기부여를 계속 유지하여 확실하게 성공할 수 있는 기회를 잡기 위해서는 끊임없이 생각하는 생각의 끈기가 무엇보다도 중요하다.

- 끊임없이 생각하면 지혜가 떠오른다
- 끊임없이 생각하면 아이디어가 떠오른다
- 그러므로 끊임없이 생각하면 문제가 해결된다

• 끊임없이 생각하면 용기 있게 행동할 수 있다

요코우치 씨의 끊임없이 생각하는 생각의 끈기가 행운을 잡게 만들었다고 생각하면서, 나는 부러울 정도로 청중을 끌어 모으는 그의 능숙한 말솜씨에 귀를 기울이지 않을 수 없었다.

요코우치 씨의 인생에서 배워야 할 성공의 비결이 또 한 가지 있다.

농사일이나 회사를 경영하는 것이나 마찬가지라는 것이다. 가지를 많이 열리게 하는 재배기술이나 전자기타를 제조하여 판매하는 것 모두 똑같이 자신을 살리는 길이다. 이 점에서는 패션 주얼리 개발이나 복싱, 축구, 휠체어농구도 모두 마찬가지이며 가사나 육아도 크게 다르지 않다. 즉, 무슨 일이든 목적을 가지고 진지하게 몰두하면 그것이 자신을 살리는 길인 것이다.

자기가 좋아하는 일이 아니면 자신을 살리지도 못하고 능력을 충분히 발휘할 수도 없다고 많은 사람들이 오해하고 있다. 자기가 좋아하는 일을 직업으로 삼은 운동선수가 부럽다는 이야기를 자주 듣는데, 내가 수많은 운동선수들을 지도해 본 경험에 비추어 장담할 수 있는 것은 좋아하는 에너지에는 한계가 있다는 것이다. 자신의 호·불호를 초월하지 못하면 일류가 될 수 없다. 자신을 살리는 것은 자신이 좋아하는 일이 아니라 열심히 노력한 결과 좋아하게 된

일인 것이다.

요코우치 씨도 어머니를 위해 농사일을 선택했을 때 자신의 호·
불호를 뛰어넘었던 것이다. 즉,


• 자신을 위해 사는 동안은 좀처럼 자신을 살릴 수 없다
• 남을 위해 살려고 하면 자연스럽게 자신을 살릴 수 있게 된다


"나에게는 이 일이 맞지 않아"
"이 일은 하고 싶지 않아"
"내가 좋아하는 일이라면 좀 더 노력할 수 있을 텐데"
"이런 보람 없는 일로 내 인생이 끝나는 걸까?"


이런 말을 하는 사람은 자신을 기쁘게 하는 행복만을 위해 일하는
사람들이다.

# 사람은 누군가를 쓰러뜨리기 위해서가 아니라
# 누군가를 사랑하기 때문에 싸운다

요코우치 씨는 토방에 엎드려 사정하는 어머니의 부탁 때문에 어쩔 수 없이 가업을 잇게 되었다. 어머니를 위해 자신의 꿈을 버리고 밭을 일구는 농사꾼의 길을 선택한 것이다. 그는 도쿄대학이나 교토대학으로 진학한 친구들을 바라보며 '왜 나만 이런 일을 하고 있나?' 하며 원통해한 적도 있을 것이다.

보통사람이라면 그럴 때 한없이 마이너스적 감정이 솟구쳐, 평생 마지못해 농사일만 하는 보잘것없는 인생을 살게 될 것이다. 왜냐하면, 우리의 IRA는 자신의 호·불호나 쾌감·불쾌감을 기준으로 사물을 판단하고 그 판단을 바탕으로 플러스적 감정이나 마이너스적 감정이 생기기 때문이다.

그러나 요코우치 씨의 경우 인생을 그렇게 재미없게 살지는 않았다. 어차피 할 거라면 일본 최고가 되겠다고 마음먹고, 항상 뛰어난 플러스적 사고를 유지했다.

마법의 힘은
외부로부터 찾아온다

요코우치 씨가 항상 플러스적 사고를 하고 끊임없이 생각하는 생각의 끈기를 유지할 수 있었던 것도 자신을 위해서가 아니라 어머니를 위해서라는 목적이 있었기 때문이다.

IRA의 호·불호나 쾌감·불쾌감은 과거의 기억 데이터로부터 나오는데, 그런 IRA를 가지고 사는 한 우리는 과거와 똑같은 호·불호나 쾌감·불쾌감에 따라 살 수밖에 없다. 그러나 남을 기쁘게 해주는 행복을 목적으로 하게 되면 그와 같은 두뇌에 엄청난 변화가 일어난다.

자신의 호·불호나 쾌감·불쾌감보다 더 중요한 감정이 생겨 IRA가 다른 기준으로 활동하기 시작하는데, 바로 자기 변혁이라는 엄청난 기적이 일어나는 것이다.

능력개발이나 성공 방법을 배우고자 나를 찾아오는 사람들도 자신을 변혁시키고 싶다거나 지금까지의 자신을 바꾸고 싶다고 한다. 그러나 자기 변혁은 혼자서는 할 수 없다. 자기 혼자만의 힘으로 할 수 있다고 한다면, 모든 사람들이 손쉽게 자기 자신을 바꾸어 벌써 옛날에 자신이 바라는 대로 성공을 했을 것이다.

여러분에게 자기 변혁을 일으킬 수 있는 힘은,
여러분 자신이 아닌
여러분이 기쁘게 해 주고 싶어 하는 누군가에게 있다.

그렇기 때문에, 전선으로 향하는 병사들은 누군가를 위해 싸우려고 생각한다. 자신의 호·불호나 쾌감·불쾌감만으로는 절대로 살수 없는 곳이 바로 전쟁터이다. 자신의 목숨보다 더 소중한 목적을 찾아내서 IRA를 바꾸지 않으면 절대로 싸울 수 없다. 그렇기 때문에 병사들은 마음속으로 항상 누군가를 생각하며, 그렇게 함으로써 죽음의 공포마저 아랑곳 하지 않고 무섭게 돌격할 수 있는 엄청난 자기 변혁을 이루려고 하는 것이다.

그러한 심정은 어느 나라의 병사나 마찬가지이며, 어느 전쟁에서나 사람들은 그런 노력을 거듭해 왔다. 우리는 누군가를 위해 싸우려고 할 때 보다 강력해지고 보다 늠름해지며 보다 용감해지고 보다 노력할 수 있게 된다는 사실, 또 우리 목숨에서 중요한 의미를 찾을 수 있다는 사실을 본능적으로 알고 있는 것이다.

세상 사람들은 전쟁이란 사람을 죽이는 것이라고 착각하고 있으며, 더러는 스스럼없이 사람을 죽일 수 있도록 IRA에 증오와 분노를 북돋우려고 애쓰는 사람도 있는데, 전쟁의 지도자라는 사람들이 대체로 그러하다.

그러나 실제로 싸우는 사람들은 사정이 다르다. 특공대가 남긴 유서를 읽어 보면 알 수 있듯이, 대부분의 병사들은 적을 죽이기 위해서 싸우는 것이 아니다. 절박한 죽음의 이미지를 앞두고 머릿속에 떠오르는 가장 소중한 그 누구, 바로 그 사람을 사랑하기 때문에 싸우는 것이다.

꽃을 사들고 아내에게 달려가는 것을 낙으로 삼고 있는 나는 여러분이 상상하는 대로 연약한 평화주의자이기 때문에 전쟁을 찬미하고 싶지는 않지만, 그런 극한 상황에서는 인간의 본질이 노골적으로 드러난다고 하는 것도 엄연한 사실이다. 그래서 경쟁사회에서의 비즈니스나 운동 또한 일종의 전쟁터임에는 틀림없다.


## 지금까지의 인생은 단순한 워밍업에 지나지 않는다


나는 이 책을, 인생의 목적이 없다거나 일에 보람을 느끼지 못한다, 하고 싶은 일이 없다, 무엇을 위해 사는지 고민스럽다는 사람들을 위해 썼다. 또한, 무슨 일이 있어도 꿈을 실현하고 싶은데 방법을 모르겠다거나 성공하고 싶지만 자신이 없다, 아니면 돈은 많이 벌었지만 인생에 허무함을 느낀다거나 출세는 했지만 뭔가 허전하다, 행복을 느낄 수 없다, 인생의 의미를 모르겠다는 사람들에게도 하나의 힌트가 되기를 바라면서 펜을 들었던 것이다.

이제 서서히 결론을 내야 하는데, '삶이란 얼마나 하찮은 것인가?' 하는 것이 바로 그 결론이다.

아름다운 남해의 섬에서 부와 호화로움에 파묻혀 홀로 살아가는 것을 상상해 보면 잘 알 수 있다. 삶이란 것 자체는 참으로 보잘것없다. 그 바닷가 모래밭에서 아름다운 다이아몬드를 발견했다 하더라도 아무런 기쁨도 느낄 수 없으며, 그것은 팔 수도 없기 때문에 그냥 평범한 돌멩이나 마찬가지이다.

그러나 그 다이아몬드를 함께 찾아내고 '대단하다', '멋지다'고 맞장구를 쳐 주는 사람이 있다면 이상하게도 다이아몬드가 그 빛을 되찾으며, 그 다이아몬드를 선물했을 때 기뻐해 줄 사람이 함께 있다면 그 빛은 더욱 빛날 것이다.

마찬가지로 우리의 인생을 재미있게 해 주고 빛내 주는 사람은 언제나 내가 아닌 타인이다. 따라서 자기 혼자만의 성공을 추구하는 삶은 별로 재미가 없다.

뜻한 대로 목표를 달성하지 못하면 점점 노력하는 것이 힘들어지고 자신의 꿈마저도 믿음이 가지 않게 된다.

지금 여러분이 골치를 앓고 있는 고민이란 것은 분명 여러분의 머릿속에만 존재하는 것이다. 인생의 목적이나 일하는 보람, 삶의 보람도 어차피 머릿속에 있는 논리일 뿐이다. 따라서 아무리 그런 목적이나 보람에 대해 생각을 한다 해도 IRA가 달라지지 않는 한 해답은 찾을 수 없게 되어 있다. 어제와 똑같은 두뇌는 어제와 똑같은 감정과 똑같은 사고, 똑같은 행동을 하게 할 뿐이다.

그런 논리 때문에 고민하기보다는 지금까지의 자신으로부터 벗어나 IRA를 바꾸어 줄 사람을 만나러 가자. 자신의 인생을 빛내 줄 사람을 만나러 가자.

여러분의 주위에는 분명 그런 사람이 존재하는데, 그 사람은 여러분의 부인일 수도 있고, 앞으로 인생을 함께하고 싶은 연인일 수도 있다, 또는 어머니나 아버지, 자식일 수도 있으며, 회사의 동료나 상사, 사장이 그 사람일 수도 있다. 또한 프로 운동선수라면 자신을 응원해주는 서포터나 관중들이 여러분을 한껏 빛내 줄 것이며, 고객이나 거래처, 또는 여러분의 상품을 애용해 주는 수많은 소비자들도 여러분의 인생을 빛내 줄 것이다.

지금 이 책을 쓰고 있는 나로서는 독자인 여러분도 틀림없는 그 중의 한 사람이다. 더불어, 많은 도움을 필요로 하는 불우한 사람들이나 병든 사람들, 가난한 사람들, 개발도상국의 굶주린 아이들을 만나 그들을 위해 일하고 싶다는 사람들도 있기를 간절히 바란다.

어떤 사람을 만나느냐, 그것은 사람마다 다르다. 그게 누구이든 그 사람은 분명 여러분에게 인생의 목적을 가르쳐 줄 것이다. 그 사람은 여러분에게 인생의 의미와 삶의 보람에 대해 가르쳐 줄 것이며, 앞으로 여러분이 꿈을 실현해 나가는 데 '마법의 지팡이'가 되어 줄 것이다.

그런 사람을 찾기 위해 우리는 지금까지의 자신으로부터 벗어나야 한다.

그럼 어떻게 하면 지금까지의 자신으로부터 벗어날 수 있을까? 그 방법은 이 책에 자세히 설명해 두었으므로 그 다음은 여러분이 실천만 하면 된다.

마지막으로 여기까지 읽어 주신 독자 여러분에게 감사의 말씀과 함께 마법의 말을 선물하고자 한다.

지금까지의 인생은 워밍업이었다.
여러분의 인생은 지금부터가 진짜이다.

그리고 진짜 마지막으로 한 마디 더!

자신이란 시간이 지나면 남이나 마찬가지이다.
앞으로 만들어가는 내일의 자신이야말로
진정한 자신인 것이다.

# 맺음말

이 원고를 쓰면서 어머니가 하신 말씀이 자꾸만 생각났습니다. 그 것은 '네가 내 아들이란 게 참 자랑스럽다'는 말입니다. 50대 중반 이나 되어 이런 생각을 하다니 어지간히 마더콤플렉스라고 비웃을 지도 모르시겠습니다만,

첫 번째는 내가 초등학교에 들어갈 무렵이었습니다. 자세한 상황 은 기억나지 않지만, 어느 날 집 앞 길가에 웅크리고 앉아 있는 한 할머니를 발견하고 서둘러 어머니를 데리러 간 적이 있습니다. 둘이 서 그 할머니를 보살펴 준 다음 어머니가 이렇게 말했지요.

"착한 일을 했다. 엄마는 무척 기쁘구나. 네가 내 아들이란 게 참 자랑스럽다"

이 말을 들었을 때의 감격이 아직도 기억에 남아 있습니다.

어머니로부터 인정을 받는다는 것은 아이들에게는 최대의 기쁨입니다. 게다가 '네가 내 아들이란 게 참 자랑스럽다'는 말은 이 아이의 존재를 공개적으로 인정하고 100% 긍정하는 최대의 칭찬이라고 할 수 있을 것입니다. 지금 와서 생각해보면, 우리 어머니야말로 마인드컨트롤의 천재였는지도 모릅니다.

이 나이가 되기까지 물론 나도 여러 가지 장애와 어려움을 만났습니다. 도저히 뚫고 나갈 수 없을 것 같은 단단한 벽에 부딪혀 자신의 역부족에 절망감을 느낀 적이 한두 번이 아니었습니다. 그래도 더욱 자신을 믿고 주위 사람들을 신뢰하며 겨우 겨우 벽을 넘어갈 수 있었던 것은, 나의 IRA(본능반사영역)에 축적된 기억 데이터의 깊숙한 곳에서 마치 재에 파묻힌 숯불처럼 어머니의 말씀이 조용히 불타고 있던 덕분은 아닐까? 원고를 집필하면서 그런 생각이 여러 차례 떠올랐습니다.

두 번째는 사귀던 여자를 처음 어머니에게 소개해 드렸을 때입니다.

"네가 고른 아가씨니까 틀림없을 게다. 참한 여자를 골랐구나. 네가 내 아들이란 게 참 자랑스럽다"

어머니의 이 말로 인해 또 다시 마인드컨트롤에 걸려버린 나는 그 후 그 여자에 대해 완전히 긍정적인 두뇌를 가지게 되었고 기회 있을 때마다 늘 꽃을 사들고 달려가고 있습니다.

내가 지도하는 능력개발 프로그램인 '초능력 두뇌훈련'의 개념을 바탕으로, 지금까지 『No.1 법칙』과 『행운의 대원칙』 두 권의 책을 출간했습니다. 인생의 목적이라는 주제를 다룬 이번 책은 저의 세 번째 책이 되는데, 이 책에서 설명한 IRA 이론은 '초능력 두뇌훈련' 의 핵을 이루는 부분입니다. 이 책은 아마도 어머니와 아내에게 먼 저 바쳐야 할 것 같습니다.

또 〈전문경영인 양성학교〉나 〈숏 스쿨〉에서 그동안 만난 인생의 달 인들로부터도 많은 것을 배웠고, 그런 것들이 이 책의 피가 되고 살 이 되었습니다.

특히 본문에도 등장한 고토 요시노리 씨나 오하시체육관의 오하 시 히데유키 회장님, 휠체어농구의 교야 가즈유키 씨, 앞을 보지 못 하는 유도선수 이나바 모토나리 씨, (주)고사이공예의 후카사와 에 이지 사장님에게 감사의 말씀을 전합니다. 또한 후지겐(주)의 요코 우치 유이치로 회장님에게는 단 한 차례밖에 뵙지 못했는데도 그 말 씀을 이 책에 소개한 실례를 사과드림과 동시에 진심으로 감사드립 니다.

그밖에도 적지 않은 분들에게 많은 가르침을 받았는데, 그 분들에 게도 깊은 감사의 말씀을 드립니다. 또한 이미 고인이 되신 유명 · 무명의 '인생의 스승님들'에게도 새삼 감사의 말씀을 올리면서 이 책을 바칩니다.

그리고 이 책을 읽으신 여러분. 독자 여러분은 저에게 인생의 목적이라는 대 주제에 대해 글을 쓸 용기와 힘을 주셨습니다. 이제는 제가 여러분에게 조금이라도 용기와 힘을 되돌려 드릴 수 있기를 간절히 바라마지 않습니다.

지은이

# 니시다 후미오(西田文郎)

산리(サンリ)능력개발연구소 대표.

1949년 생. 일본 이미지 트레이닝 연구 ?? 지도의 선구자로서 1970년대부터 과학적인 멘탈 트레이닝 연구를 시작하여, 능력개발 프로그램 「슈퍼 브레인 트레이닝 시스템」을 구축하였다. 스포츠, 비즈니스, 수험, 그 외 많은 분야에서 과학적이며 실천적인 멘탈 매니지먼트를 도입하였다. 전 분야에서 성공한 사람들을 속속 배출시키는 그는 '능력 개발의 마술사'라고 불린다. 현재, 일류 스포츠맨의 멘탈 어드바이저, (사)일본능력협회, (사)중부산업연맹, 일본경영합리화 협회 등에서 강사로 활약하는 한편, 기업의 사원 교육과 비즈니스맨의 잠재능력 개발 세미나 강사로도 인기가 높다. 수십 년간의 경험을 바탕으로 한 그의 실용적 저서들은 일본 서점가의 비즈니스 부문 베스트셀러로서 굳건히 자리를 지키고 있다. 저서로 『No.1 법칙』(연합뉴스), 『행운의 대원칙』 등이 있다.


옮긴이

# 이봉노

한국외국어대학 졸업. 광덕물산, 금홍양행 등에서 일본 영업팀으로 20년간 근무한 뒤 현재 한국사이버 번역아카데미 일본어 강사 및 일본어 전문번역가로 활동하고 있다.

꿈을 이루어주는 마법의 지팡이

# 성공하려면 인생의 스승을 찾아라

**지은이** | 니시다 후미오

**옮긴이** | 이봉노

**초판 1쇄 인쇄** | 2005년 1월 20일

**초판 1쇄 발행** | 2005년 1월 25일

**펴낸이** | 최용선  **펴낸곳** | 도서출판 **북뱅크**

**등록** | 제 1999-6호

**주소** | 인천광역시 부평구 십정동 418-4 교근빌딩 302호

**전화** | (032)434-0174 / 441-0174

**팩스** | (032)434-0175  **메일** | bookbank@unitel.co.kr

ISBN | 89-89863-32-5 03830